BREVE MEMÓRIA DE SIMEÃO BOA MORTE

E OUTROS CONTOS POÉTICOS

Breve memória de Simeão Boa Morte

Faria e Silva é uma Editora do Grupo Editorial Alta Books.

ISBN: 978.65602524-31
Produção Editorial: Grupo Editorial Alta Books
Impresso no Brasil – 1a Edição, 2025 – Edição revisada conforme o Acordo Ortográfico da Língua Portuguesa de 2009.

C389b
Cazarré, Lourenço
Breve memória de Simeão Boa Morte e outros contos poéticos / Lourenço Cazarré. – São Paulo: Faria e Silva Editora, 2025.
176 p. 14x21cm
ISBN: 978.65602524-31
1. Contos brasileiros. 2. Literatura brasileira – Ficção. 3. Poesia narrativa. 4. Memórias fictícias. I. Título.
CDD: 869.35

Produção editorial:Grupo Editorial Alta Books
Diretor editorial: Anderson Vieira
Editor da obra: Rodrigo de Faria e Silva
Vendas governamentais: Cristiane Mutus
Produtor editorial e capa: FS - Estúdio
Ilustração da capa: Simeão Boa Morte, de Fernando Duval

ALTA BOOKS
GRUPO EDITORIAL
www.altabooks.com.br

Rua Viúva Cláudio, 291 – Bairro Industrial do Jacaré
CEP: 20.970-031 – Rio de Janeiro (RJ)
Tels.: (21) 3278-8069 / 3278-8419
www.altabooks.com.br – altabooks@altabooks.com.br
Ouvidoria: ouvidoria@altabooks.com.br

Editora afiliada à:
ASSOCIADO
CBL Câmara Brasileira do Livro

LOURENÇO CAZARRÉ

BREVE MEMÓRIA DE SIMEÃO BOA MORTE

E OUTROS CONTOS POÉTICOS

FARIA E SILVA

Sumário

1. Um vate de incomensurável acuidade e furor 1

2. O último trem da infância 11

3. Um magnífico espetáculo de aviltante bajulação 46

4. A Cerimônia de Adeus do yokozuna Amoyama 53

5. Discurso da mãe do goleirinho 59

6. Breve memória de Simeão Boa Morte 86

Um vate de incomensurável acuidade e furor

Eram seis em volta da mesa. O romancista - seco de corpo, avaro de gestos e palavras - não sorria. Os demais, cordiais, deixavam luzir de quando em vez dentes e dentaduras.

Um sorrisinho ou dois não cairiam mal. Afinal, pensando bem, talvez ele devesse mostrar-se agradecido ao editor por tê-lo ajudado a trocar as brenhas escuras de um Estado periférico pelos letreiros luminosos da cidade das maravilhas. Mas o novelista casmurro não se arreganhava. Mostrava a inexpressiva e escaveirada máscara mortuária de sempre.

Estava, isso sim, terrivelmente aborrecido. Caceteado, como ele próprio diria se tivesse por perto gente que pudesse suportar sua áspera franqueza.

Publicara um primeiro livro quando ainda residia no fundo do mato. O segundo viera à luz quando ele, em meio aos quarenta anos, já se homiziava em uma pensão familiar na imensa cidade leviana.

Aperreado, e pressentindo que a aporrinhação se estenderia, lançou um olhar arisco em volta.

Estava em uma sala ampla, escura, sufocada por móveis pesados e forte ranço de mofo. Para ali fora trazido pelo editor gordo, que ele preferia chamar gorduroso. Um homem untuoso. Rotunda cara branco-gelo nas bordas e vermelha no centro, cara que se derretia embaixo, atrás do queixo, e virava uma trêmula estalactite, escondendo uma horrível gravata borboleta.

O editor gorduroso, a pessoa mais gentil daquela cidade belicosa, estava sentado à esquerda do nosso ficcionista e sorria. Sorria verdadeiramente. Ele todo era um alargado sorriso. Sorria desde o nascimento. Gastava seu dia a sorrir.

Também sorrindo, porém de modo mais contido, à direita de Graciliano, se encontrava a jovem poetisa. Que preferia ser chamada de poeta, como ela própria anunciara com voz de passarinho molhado quando pisoteavam a areia granulada do pátio, depois de terem desembarcado do faustoso automóvel do editor. Que pipilou ainda que se considerava muito honrada de estar ali, naquele agradável tugúrio das musas, como única representante do belo sexo, não tão frágil quanto apregoavam os cavalheiros.

Do outro lado da mesa, ladeado por dois seres insípidos, incolores e inodoros, estava fundeado o dono daquela residência, o provecto poeta renomado. Um tanto decadente, é verdade, mas ainda muito considerado em Academias de Letras de Estados irrelevantes. Ex-embaixador, ex-senador, ex-ministro interino, um homem impressionante. Nem alto nem baixo, nem delgado nem fornido, mas proprietário de ombros poderosos, mãos imensas, uma senhora bocarra e uma albina cabeleira de parar o tráfego.

Exibindo um sorriso que ia do enfado ao gozo, e retornava, o bardo penteava com a mão aberta a melena artística, valorizada pela luz de um abajur de pé estrategicamente colocado ao lado de sua cadeira - a que possuía o mais alto espaldar.

Graciliano não conseguia tirar os olhos do velho vate. Acompanhou com interesse os silentes movimentos iniciais da bocarra gulosa, guarnecida por dentes cavalares, que certamente se preparava para enunciar vocábulos poderosos.

Cada gesto deste homem é um verso perfeito, sobre solidão e loucura, pensou o romancista. Esta desgrenhada cabeleira branca, sozinha, é uma ode anacreôntica. Estas largas mãos de fortes dedos seguramente empolgaram o leme da nau de Ulisses.

Calma! Devo estar enlouquecendo.

Graciliano Ramos moveu-se inquieto e passou discretamente a mão pela testa em busca dos sinais de febre.

Já na chegada, em meio à apresentação gaguejada e risonha dos personagens que se encontram agora em volta da mesa, ele fora tocado pelo vozeirão poderoso e pelo olhar incandescente do octogenário rimador.

A maluquice da poesia deve ser contagiosa, pensou. E talvez me renda um continho.

Humorístico?

Quem vai narrar o que se passa aqui?

Um boneco de ventríloquo com pensamentos autônomos.

A loucura poética dá vertigem. Estou ficando mareado.

Para acalmar-se, o homem das Alagoas desviou o olhar para os que ladeavam o trovador. Não, não os colocaria no relato porque não tinham substância para personagens. Eram apenas áulicas assombrações.

Por que estamos aqui?

Nas cidades grandes as coisas nunca são claras. Tudo ocorre em meio a uma densa penumbra de enganação e mentiras.

Ao convidá-lo para um sarau na casa do poetastro de nomeada, o editor falara em "produção miraculosa, vasta em volume e contundência", "versos que chicoteiam a pasmaceira da lírica nacional", "um taumaturgo que consegue reunir a humanidade em uma casca de noz". E concluíra: "É um vate de incomensurável acuidade e furor".

Sei, retrucou o romancista.

Desgostava do palavrório escorregadio do editor gorduroso.

Também não adorava a cidade fabulosa. O que havia nela, além de movimento constante e incessante ruído?

O melenudo poeta abre um grosso envelope e dele retira uma resma.

O romancista mira a pilha ameaçadora. Um original! Fareja maçada e aperreio.

Escrivães e rapsodos costumam arrastar pela vida baús repletos de originais.

Mas o que são exatamente esses originais?

Folhas de papel, datilografadas ou manuscritas, que contêm histórias nunca dantes narradas ou versos jamais declamados.

O ex-prefeito de Palmeira dos Índios demora a mão sobre a testa. Não, realmente não está febril, mas deveria.

Lança um demorado olhar à maçaroca. O assustador original reúne muitas dezenas de folhas indefesas que poderiam ter tido um final mais feliz...

Exemplo?

Poderiam ter sido entregues a crianças para que nelas desenhassem casinhas com chaminés esfumaçadas ou escrevessem composições sobre a primavera.

O vozeirão que, lento, lê o título do livro de poemas é rouco e fanhoso, catarrento e sibilante.

A imaginação do ficcionista dispara. O declamador tem no peito uma fornalha, uma bigorna e um fole. E ele próprio, com um grande martelo, cinzela na bigorna, em cobre incendiado, palavras extensas. O fole sopra depois essas palavras até a grande goela poética, que nada mais é que uma sombria e úmida gruta, na qual todos os sons se tornam guturais.

Terei entrado em surto psicótico, indaga-se o escrevedor.

Não, ainda não.

Um demorado prólogo descreve uma tormenta em pleno oceano. Estrugem ventos furiosos, raios e trovões. Dança, lúbrica e alucinada, a água de prata.

Graciliano está com uma vontade danada de fumar. Olha em volta. Nem sinal de cinzeiro.

Cruza os braços, enterra as mãos nos sovacos e sacode afirmativamente a cabeça.

Julga ter alcançado a verdade.

Ninguém ali - editor untuoso, jovem poetisa, romancista caceteado e bajuladores - é capaz de alcançar a grandeza do que está sendo dito ali por aquele homem excepcional.

Sucedem-se, heteróclitos, um mais impressionante que o outro, os poemas inaugurais.

Indiferente à óbvia incompreensão dos que a sitiam, a estrondosa dicção - harmoniosa sinfonia de ruídos dissonantes - prossegue na sua arremetida.

Começa a epopeia rimada. Vencido o oceano, o herói devassa selvas recônditas, levita sobre pântanos famintos e palmilha desertos de dunas vermelhas. Ergue-se depois ao cume da mais alta montanha e, de lá, entre exultante e taciturno, observa atentamente a desmedida terra devastada.

Seu Diabo, pensa Graciliano, o pior de tudo é a falta que me faz o pito.

Pouco antes Satã fora invocado pelo vate.

Como se referira o artesão das mais raras rimas ao Tinhoso?

Vale a reprodução:

Aquele Sem Nome que na sua destra
Traz a Noite e que o Nada carrega na sinistra

O editor untuoso derreteu. É agora apenas uma poça de banha sobre o assento da cadeira. Desmanchou-se, pobre homem, diante de versos tão belos. Versos que publicará, sem dúvida, desde que conte com o incentivo de um aporte, mesmo que modesto, de alguma entidade pública ou privada patrocinadora das Artes.

O romancista lança um longo olhar ao convidativo decote da jovem poetisa. Não fosse homem casado, já na segunda boda, gostaria de acomodar-se por ali. Mais exatamente: apreciaria muito colar suas beiçolas aos mamilos daquelas tenras tetas. Nunca fora, no entanto, um sujeito galante. Culpa do temperamento bilioso. Seus olhos sobem depois para o rosto da neta de Calíope. O sorriso ausentou-se dele. A bela face está levemente borrada. Na quentura da noite abafada a maquiagem se desfez. Riozinhos marrons escorrem pelas laterais do rosto da moça. Os lábios já não são tão rubros como os da chegada. Em que pensa a novel poetisa? Onde gostaria de estar agora? Certamente em um lugar mais divertido, onde pessoas empunhassem copos e falassem aos berros. Só ou acompanhada? Talvez ao lado de um jovem macho musculoso com melena besuntada de brilhantina. Fazendo o quê? Beijando. Beijos molhados são o prenúncio de um fim de noite com contorcionismo em cama rangente.

Graciliano leva a carteira de cigarros até perto do nariz. E puxa muito ar para dentro de si. Que coisa boa que é catinga de tabaco!

Incrível! Naquele momento, após tantas palavras e orações espantosas, a voz do poeta tornou-se mais acessível. Na verdade, o que aconteceu é que os ouvidos da plateia se acomodaram, por fim, às crepitações, chiados e sopros.

O casmurro autor consegue às vezes fisgar uma frase inteira, embora o sentido quase sempre lhe escape.

Somos gente de pouca letra, pensa ele. Somos pedra mole para cinzel tão traquejado.

O encanecido poeta continua garimpando no dicionário: cáustica, esplendoroso, fúlgida, nenúfares, túmida, abscôndito...

A jovem poetisa parece triste. O editor ressona de olhos entreabertos. Graciliano ainda procura com olhos sequiosos um cinzeiro. Os puxa-sacos permanecem na posição que adotaram desde o começo da leitura: corpos projetados para diante e mãos prontas para as palmas do desfecho.

O autor de *Vidas secas* abaixa o rosto e olha por cima da armação escura dos óculos.

A pilha minguante.

Estamos próximos do fim, exulta.

Neste ponto, portanto, um bocejo já não cai mal.

Boceja.

Os dois cortesãos o fuzilam com um olhar raivoso. Que grossura!

Um galo apressado anuncia a manhã, ainda distante.

Naquele trecho, o mais movimentado do poema, o herói - ateniense ou espartano, isso não fica bem definido - represa uma enxurrada, estrangula um trovão, manipula um raio fulgurante e escala uma cordilheira nevada. Tudo muito rapidamente. Furibundo, adentra o Olimpo e, com um azorrague de serpentes trançadas, espanca e espanta semideuses libidinosos.

O final se aproxima desembestado.

O herói prepara-se para a batalha derradeira.

Vai enfrentar Zeus.

O fim, porém, chega num surpreendente pianíssimo.

O Deus dos deuses humildemente se declara vencido pelo mavioso sonido da lira do poeta.

Admite estar enfarado com o mundo moderno: trens, aviões e carros velocíssimos, e muito lixo. E, merencório, acrescenta que não se interessa mais pelo ser humano.

O último verso:

Eu, Zeus, teu Deus, sou apenas o supremo tédio!

O bardo entrado em anos fecha a boca imensa e modestamente abaixa a face. A grenha lhe escorre pelos lados da fuça, como uma cortina que se fechasse num teatro. De olhos cerrados, com um gesto discreto de mão, ele tenta inutilmente encurtar os estrondosos aplausos, que se demoram.

Por fim, o editor se levanta, vai até o eleito das Musas e, genuflexo, beija-lhe a mão nodosa.

A poetisa apanha o batom na bolsa.

Graciliano Ramos toca lume na ponta do cigarro. Bafora e pensa em um copo de purinha. Cheio até a beirada. Cheinho.

O ÚLTIMO TREM DA INFÂNCIA

Na época eu não tinha sensibilidade ou inteligência para perceber a grandeza do homem com o qual convivia cinco horas por dia.

Eu era um rapazola vivaz. Talvez até se possa dizer que era bastante esperto. Mas ainda não tinha faro - terei tido depois? - para descobrir o que era de fato importante.

Isso posto, comecemos o causo.

Que é um conto e, também, um poema.

*

Bem. Eu era o menos entusiasmado dos vinte estudantes de engenharia contratados para atuar como figurantes naquele trabalho gigantesco.

Uma missão ciclópica, como disse, entre baforadas, o grande arquiteto.

Para o tempo, o salário era excessivo. E havia um bônus: voaríamos uma ou outra vez até o maior canteiro de obras do mundo, afastado de tudo, longe do litoral, no exato coração do país.

Essa impactante imagem - o exato coração do país - também foi plasmada pelo magnífico arquiteto no dia em que fomos empossados em cerimônia modesta, embora realizada no salão de reuniões da diretoria da empresa recém-criada.

Nem o salário inesperado e nem as revoadas, numa era de poucos aviões, me entusiasmavam. Eu era blasé, admito. Lia poesia demais, achava que tudo neste mundo era uma rematada chatice. O que ainda acho hoje.

No dia seguinte, num pequeno auditório, na sede da empresa que gerenciaria a histeria construtivista nacional, fomos recebidos por um sorridente burocrata entalado em um terno preto.

Alto, magro e careca, exibindo no rosto cavalar um riso cerimonial, ele virou-se de costas para nós, assim que nos acomodamos, e passou a escrever numa lousa os nomes - um debaixo do outro - dos principais engenheiros e arquitetos da obra faraônica.

Esse "faraônica" fica por conta dos jornais que se opunham ao governo. Que eram a maioria. E que, ao se referirem à nova capital a ser construída, não regateavam adjetivos como "roubalheira", "pilhagem", "patifaria", "sem-vergonhice" e "descalabro".

A cada nome escrito, evolava-se um suspiro embasbacado e respeitoso dos jovens aspirantes a servidores de sumidades.

"Suspirantes aspirantes", pensei, e de imediato registrei o achado poético no meu bloco de notas.

Aqueles nomes desenhados por um giz que de quando em quando guinchava haviam construído rodovias espaventosas, pontes impossíveis, palácios deslumbrantes e edifícios revolucionários.

Mas aquela impressionante nominata não me abalou.

No fundo da sala, entediado de verdade, mas tentando aparentar um tédio ainda maior, eu fingia ler um livro de um poeta francês, maluco, que se suicidara poucos anos antes.

Concluída a relação, que ia de alto a baixo no quadro imenso, o burocrata risonho anunciou um sorteio. Mostrou-nos um grande envelope pardo e disse que ali estavam papeizinhos com os nomes de todos nós.

Antes de sacar o primeiro papelucho, acrescentou que os estagiários sorteados prestariam vassalagem aos figurões exatamente na ordem que eles haviam sido registrados no quadro.

O primeiro estagiário escolhido foi um baiano gorducho e catacego. Ao saber que trabalharia com o arquiteto-mor da nação, o pobre rapaz encenou um sapateado quase histérico.

O livro que eu lia, reconheço, era menos interessante que o sorteio, mas mantive meus olhos nele. Livros poéticos tediosos são menos tediosos que qualquer atividade humana, pensava eu, bobalhão, naquele tempo.

Lá pelas tantas, foi gritado um nome que me pareceu familiar. Levantei a cabeça. Era mesmo o meu nome, confirmou alguém na cadeira ao lado.

Com o riso profissional armado na fuça, o burocrata voltou seu nariz comprido na minha direção e apontou seu dedo magro para um nome - que eu desconhecia - na lousa.

- Parabéns - disse-me o que estava ao meu lado, e deu-me uma palmadinha no ombro. - Joaquim é um gênio.

- Gênio? - perguntei. - Um gênio chamado Joaquim? Você tem certeza?

- Não gostou, engraçadinho? - perguntou ele, irritado. - Quer trocar comigo?

*

Foi assim que começou a nascer um belo - e até aqui desconhecido - poema de Joaquim Cardozo, o mais gentil dos homens, vastíssimo poliglota, leitor voraz, vate certeiro e matemático da estirpe de Euclides e Newton.

*

Na estação ferroviária litorânea, o menino vê chegar o comboio que o levará à remota cidade fronteiriça

O último trem da infância

Saltou de dentro do mar
Naquela praia distante
Fisgado pelo luar

O fundo do oceano
Na cova mais primitiva
Gerou o corpo de ferro
Da louca locomotiva

Não tinha jeito de máquina
Lembrava mais uma fera
Traiçoeira e sinuosa
Mais negra que uma pantera

Arrastava dez vagões
Todos mui assustadores
Com assentos pequeninos
Desmedidos corredores

Aqueles vagões escuros
Tinham luz só no seu ventre
Lampadinhas amarelas
Que gritavam: entre, entre!

Pelas mínimas janelas
Menores que uma vigia

De uma fria masmorra
Assustada, a luz fugia

As pessoas temerosas
Olhando a composição
Tremiam como se vissem
Saci ou assombração

Aquele trem furioso
Rilhando os dentes de aço
Me lembrou o rei Netuno
Rasgando o Mar dos Sargaços

Agachado sobre os trilhos
Imóvel seu espinhaço
Soprava densos vapores
Berrava: eu quero espaço!

No bolso da minha calça
Eu peguei a minha esfera
Ela me defenderia
Da terrível besta-fera

Eu usava aquela esfera
Pra jogar bola de gude
Ela era a matadeira

Eu ganhava amiúde

Na beira da plataforma
No meio de tanta gente
Mesmo estando apavorado
Quis fingir que era valente

Percebendo-me assustado
A mãe segurou-me a mão
Perguntando: seu menino,
Você viu bicho-papão?

Minha mãe estava linda
Tinha as cores do veraneio
Seus olhos sorridentes
Eram puro devaneio

*

Em que consistia esse meu primeiro trabalho?

Em fazer nada.

Eu chegava ao vasto e caótico escritório da Seção de Cálculo Estrutural por volta da uma hora da tarde e, por ali, sentado, inútil, ficava até seis, quando me despedia.

Quando me despedia de meu chefe, que nunca se despedia de mim.

Um chefe que, durante as cinco horas contratuais, não me dava um só ordem.

Por quê?

Era eu invisível, insípido e inodoro?

Não!

Acontece que o maior dos engenheiros calculistas desta pátria selvagem, inculta e ágrafa passava as tardes a ler.

Sentado por trás de uma muralha de livros grossos - inexpugnável fortificação de celulose - que protegia três lados de sua mesa, invisível para todos os cinco calculistas e os doze desenhistas da Seção que comandava, ele só se movia na cadeira quando trocava um livro por outro.

Não me lembro de tê-lo visto, durante os seis meses de meu contrato, ir uma só vez ao banheiro. Não tomava água ou café. E não fumava num local em que os tabagistas eram maioria.

Só eu, eu só, que ocupava uma mesinha mínima ao lado da imensa mesa dele (guarnecida por centenas de volumes), podia vê-lo o tempo inteiro.

Logo descobri que ele enfrentava vários tomos ao mesmo tempo. Em sete ou oito idiomas. De hora em hora, trocava um volume por outro. Agia exatamente como um professor que, no intervalo entre duas aulas, precisasse ir de uma sala a outra.

*

Aquele foi o melhor emprego que tive na minha vida. Eu podia ler até ficar zonzo. E nos dias que sucediam as suarentas noites insones, passadas na casa da senhora T, eu me regalava com demoradas sonecas restauradoras.

A empresa assinava os principais jornais do país. Na nossa Seção recebíamos todos os dias uns dez exemplares de periódicos das duas maiores cidades e de meia dúzia de capitais provinciais.

Eu lia as seções literárias de todos eles. Na verdade, eu era um moedor de poemas e poetas ultramodernos. Consumia insaciavelmente o que estava na moda: poemas gráficos, ideográficos, numéricos e geométricos. Muitos deles sem palavras reconhecíveis.

*

Por isso, desprezei a obra do meu chefe, que consistia então em um solitário livrinho magrelo, lançado uns dez anos antes.

Em algum parágrafo de jornal eu havia lido que os poemas de Joaquim Cardozo tratavam de velharias: barcos lentos, águas mansas, indivíduos sonolentos, moças tansas, casario arruinado, desvãos sombrios, trens em retardo e vidinhas obscuras.

Em suma, meu chefe era um poeta inegavelmente arcaico num tempo em que as novidades revolucionárias eram cotidianas, incessantes e incontáveis.

Resolvi que só leria alguma coisa dele quando (eu) chegasse aos sessenta anos.

*

Esqueçamos a poesia. Voltemos para a vida civil, a vil vida civil.

Jovens sensíveis, e mais decentes, ficariam indignados. Receber um polpudo salário sem fazer nada em troca? Isso pode? Não pode, claro. Mas, no meu caso podia porque eu era - e talvez ainda seja hoje - um anarquista debochado.

*

De vez em quando, claro, o meu chefe recebia algum dos calculistas que comandava. Eles chegavam agitados, devorados por pungentes dúvidas sobre tamanho, grandeza, extensão, amplitude e vastidão.

Com poucas palavras, ditas em voz baixa, acompanhadas de números garatujados em folhas brancas, Joaquim Cardozo rapidamente os pacificava.

E, com um suspiro de alívio e gozo, retornava logo à leitura infinita.

*

O menino volta a narrar o que viu na estação ferroviária da cidade balneária

O corpo daquele trem
Com luzinhas na barriga
Lembrou-me uma cascavel
Sedenta por uma briga

Aquela cobra tremenda
Recordou-me a boitatá
Serpente que come olhos
Pior que um carcará

Usando quepe vermelho
Desceu o chefe do trem
Com um apito na boca
Não conversou com ninguém

Com um gesto de cabeça
Ordenou o nosso embarque
Era como se dissesse:
Quem tem medo que se lasque!

Todo o povo se moveu
Trocando cotovelada
Numa corrida maluca

Para alcançar a escada

Bufando com nossas malas
As duas delas e a minha
Mamãe quis o corredor
Preferi a janelinha

A mãe colocou as malas
Na rede sobre o banco
De lá elas não caiam
Nem no pior solavanco

Após se sentar a mãe
Pôs um livro sobre a mesa
Disse-me que era um romance
De cavaleiro e princesa

Eu fiquei de pé no assento
Para ver meus companheiros
Todos estavam nervosos
Um perguntou: E o banheiro?

Dentro em pouco se ajeitaram
Cada macaco em seu galho
Muitos caíram no sono
Outros pegaram baralho

Ronca a locomotiva
Como onça encurralada
Dá mostra que vai fugir
Zunindo desembestada

O sino da estação
Convoca os atrasados
Soa forte, ecoa longe
Urgente e irritado

Para completar o aviso
O chefe sopra um apito
Um zunido bem fininho
Imperioso e aflito

Então nosso trem soltou
Da sua goela de metais
Um berro tão poderoso
Quanto o de mil animais

O comboio estremeceu
Como se levasse um tranco
Eu perdi o equilíbrio
E me esparramei no banco

Em seguida um urro triste
Atravessou a cidade
O trem estava gritando:
Sentirei muita saudade!

Olhando pela janela
Lá na frente vi um brilho
Chispava a roda de ferro
Tirando fogo do trilho

Uma pergunta eu me fiz:
Para onde vai esse trem?
Uma voz me assoprou:
Vai à terra de ninguém!

Eu quase que tive um troço
Tracei o sinal da cruz
De quem será essa voz?
Responda-me, Bom Jesus!

Logo o trem desatinou
No negror da madrugada
Era como se trotasse
Debaixo de chicotada

Dorme, meu filho, um pouquinho

Disse a mãe me abraçando
Teu anjinho se deitou
Terra e Céu estão nanando

Dormir? De jeito nenhum
Sou menino de coragem
Mesmo que só veja sombra
Prefiro olhar a paisagem

Além da minha janela
A escuridão mais pura
Me mostrava os contornos
De arrepiantes figuras

Logo eu vi uma vaca
Sentada numa cadeira
Magra, feia e banguela
Com chimarrão e chaleira

Depois eu vi um canário
No fio da eletricidade
Estava lendo um tratado
Sobre a curiosidade

Surgiu então um gigante
Abraçado a dois anões

Eu devo estar maluco
Pensei com os meus botões

Levei minha mão à testa
Para ver se tinha febre
Foi aí que eu vi um lobo
Fugindo de uma lebre

Virei para minha mãe
Com o olho arregalado:
Minha mãezinha querida,
Acho que tô enfeitiçado!

Tome jeito, seu menino,
Recoste no meu regaço
Trate de ferrar no sono
Você sofre é de cansaço

O dia não vai tardar
Chegará bem de mansinho
O seu medo irá embora
Tomará outro caminho

Verdade: o sono veio
Fulminante como um raio
Eu não dei nem um bocejo

Eu sofri foi um desmaio

*

Meu chefe nada me exigia porque simplesmente não trabalhava - nem calculava, nem poetava - durante o dia.

Considerava-se um animal noturno. Odiava o sol, caçava nas trevas.

Essa era a mais conhecida de suas numerosas esquisitices.

Joaquim Cardozo morava em um pequeno apartamento de frente para o mar, cujas janelas nunca abriu durante os trinta anos em que lá residiu.

Jantava às sete da noite em um restaurante português das proximidades.

Deitava-se pouco depois e dormia até meia-noite, quando começava seu expediente.

De pijama, à mesa da sala, iluminada por mísero abajur, ele trabalhava até às cinco da manhã - poesia ou cálculos - quando se deitava. E dormia até meio-dia.

*

Estive apenas uma vez naquele apartamento.

Ali atravessamos, Joaquim Cardozo e seu jovem auxiliar, eu, uma noite inteira, conversando.

Quero dizer, eu falando o tempo todo, com a língua azeitada pelo uísque, e ele só abrindo a boca para fazer perguntas curtas e certeiras que me levavam de novo aos trilhos da conversação, que ele dirigia como grande maestro de palavraria que era de fato.

Era uma noite de sábado.

Só muitos anos depois eu saberia que, no dia anterior, sexta-feira, ele havia alcançado a maior de suas vitórias em uma longa vida profissional de muitíssimas vitórias.

Que vitória foi essa?

Foi quando conseguiu concluir o cálculo das paredes inclinadas de um templo que imitava as mãos ajuntadas e espalmadas de alguém que implorava uma graça a Deus Nosso Senhor.

*

Voltemos ao escritório.

Por fim, passados uns trinta dias, como se eu tivesse sido aprovado num estágio probatório, o poeta dirigiu-se a mim:

- Você?

Demorei para entender aquela curtíssima indagação.

- Sou seu auxiliar. Pelo menos foi o que me disseram. Já recebi até o primeiro salário. Estou às suas ordens.

- Idade?

- Dezenove.

- Conte-me sua vida.

*

Bem, o certo e que acabei relatando a ele, com riqueza de pormenores, porém em pílulas, a minha - até ali e até hoje - desinteressantíssima trajetória.

Naquele mesmo escritório, por trás da muralha livreira, em sessões diárias que iam de quinze minutos a meia hora, tive surtos de Catilina.

Discursava desembestado, como ainda hoje o faço, falando mais rapidamente que um camelô, até que o vate matemático, brusco, subitamente enfadado da minha arenga, sem dizer lhufas, retornava à inteligência dos seus livros.

Que eram escritos em alemão, russo, inglês, francês e espanhol. E em outras algaravias que eu desconhecia: húngaro, finlandês, basco?

*

O menino conta das férias na praia fustigada por ventos incansáveis

Hoje foram enterradas
As férias de fim de ano
Velozes oitenta dias

À beira do oceano

Bem no meio da manhã
Havia o banho de mar
Na cinzenta água gelada
Impossível mergulhar

Eu ficava tiritando
Todinho arrepiado
Tremia dos pés à testa
Com o beiço arroxeado

Depois com areia fina
E muita engenhosidade
Com ruas retas e limpas
Eu construía cidades

Eu levantava muralhas
Castelos e fortalezas
Estradas, rios e pontes
Tudo de grande beleza

Mas um dia uma menina
Devastou minha construção
Acho que fez de pirraça
Pra chamar minha atenção

Também tinha o futebol
Que acabava em confusão
Pois eram muitos meninos
Perseguindo um só balão

De tanto cair na água
Que o sol pintava de ouro
Como ficava pesada
Aquela bola de couro!

Quando a gente se cansava
Começava outro brinquedo
Pega-pega, esconde-esconde
Não faltava era folguedo

Se havia vento no céu
E no mar forte corrente
Nós soltávamos pandorgas
Além da duna fervente

Era beleza demais
O firmamento florido
Por papagaios e pipas
Cada um mais colorido

Só a fome punha um fim
A todo aquele alarido
Era então que as mães gritavam:
Vem pra casa, desgranido!

Meio-dia, sol a pino
De fome minha pança arde
Eu corro para o almoço
Mas já pensando na tarde

Depois de encher o bucho
Era hora de sestear
Na rede sob o umbu
Eu chegava até a roncar

Quando findava a sesta
Eu voltava pra baderna
A tarde era mais comprida
Que a mais funda das cisternas

A gente ia chispando
Ao clube do balneário
Que tinha piscina olímpica
E até grêmio literário

Dentro d'água era só festa

Só baderna e só barulho
Disputas de natação
Campeonatos de mergulho

Após no grande salão
Pingue-pongue e bilhar
Boliche e peteleco
Até o sol se deitar

De noite após a janta
Todos iam pra Avenida
Com a roupa mais bonita
E a cabeleira lambida

Chupando o meu sorvete
No copo ou na casquinha
Zanzava de um lado a outro
Mesmo com chuva fininha

Fim de noite eu ia à praia
Ver a lua bem redonda
Derramar-se inteirinha
Sobre a dança das ondas

Pelas tantas vinha o sono
Era hora de ir ao berço

Para casa eu me arrastava
Deitado rezava o terço

Como foi teu dia, filho?
Sempre a mãe me perguntava
Bocejando eu respondia:
Foi alegria sem trava

Tantos dias de bobeira
Só algazarra e sorriso
Sem aula e de pé descalço
Isso, mãe, é o paraíso

Porém na última noite
Me deitei contrariado
Mas mal me espichei na cama
Cai num sono ferrado

Tive um baita pesadelo
Eu plantava bananeira
Pelado e de mão no bolso
Dentro de uma geladeira

*

Bem, ao começar a escrever esta história, a história de um poema, eu não imaginei que chegaríamos a isso, mas chegamos.

Aqui, neste ponto exato, preciso falar de mim.

Então direi o mínimo.

Nasci em uma família de posses. Meus dois avôs eram donos de terra, gado e gente em vastas propriedades perdidas abaixo do paralelo 31.

Curiosamente, meus pais foram trabalhadores urbanos. Papai era médico; mamãe lecionava numa escola de freiras, onde cursei o primário.

Fui filho único, mas neto em companhia de uma dezena de meninos e meninas que disputavam os carinhos de duas avós, uma carinhosa e outra - a preferida - tremendamente ranzinza.

Cursei o ginásio sem sobressaltos em um educandário de padres. Atravessei com notas medianas o colegial em Porto Alegre e acabei indo estudar engenharia no Rio de Janeiro, por sugestão de meu pai:

- Vê se arruma em emprego federal por lá e não volta nunca mais para esta frialdade.

*

Então é isso.

Eu estava no segundo ano da missão que me impusera meu pai - a de obter um diploma para arranjar uma mamata federal - quando fui sorteado para secretariar Joaquim Cardozo, o grande algebrista e poeta que um dia, depois de considerar-me inexistente por um mês, me ordenou que lhe contasse a minha vida.

Foi o que fiz. Era rapaz obediente, embora gostasse de exibir fumaças de rebeldia.

Foi por esse motivo que comecei a ciscar no terreiro das minhas memórias.

Todos os dias, eu pingava recordações esparsas nos ouvidos do poeta que, com poucas perguntas secas, lançava linhas para verificar a profundidade das minhas águas. Que eram rasas, claro.

Eu era tão somente um rapazola. Mas era divertido. Gostava de fazer piadinhas. E de vez em quando soltava uma bárbara expressão gauchesca que ele imediatamente registrava com suas letras que mais pareciam números.

Aí, num dia cinza e chuvoso, arribei minhas relembranças na praia dos eternos e furiosos ventos gelados. Foi então que o poeta me convidou para visitar, no sábado, seu apartamento de janelas soldadas pela ferrugem.

*

O menino dorme e sonha que está viajando no trem-fantasma

O frio da madrugada
Deu-me muitos pesadelos

Arrepiou-me inteiro
Da testa ao tornozelo

Sonhei com o trem-fantasma
Que percorre minha terra
Quem embarca nesse trem
Some lá por trás da serra

Para correr pelo campo
Não conhece empecilho
Viaja num facho de luz
O luar é o seu trilho

Para em qualquer estação
A fim de levar os tolos
Oferece guaraná
Balas, salgados e bolos

Para atrair meninos
Para roubá-los da escola
Dá de graça um bodoque
Farda de time e uma bola

Para prender as meninas
Dá bonequinhas de pano
Umas falando inglês

E outras, o castelhano

Guri vira lobisomem
Menina vira escrava
Ninguém volta pra sua casa
Nem mesmo com reza brava

O trem também oferece
Dinheiro, prata e ouro
Homem que aceita a propina
Se afunda em sumidouro

Quem entra aquele trem
Que tem roteiro secreto
Não desembarca jamais
Não desce nem por decreto

O povo diz que esse trem
Chamado Ibiamoré
Só para quando se chega
À casa de MBororé

*

Como disse, falo demasiado. Falo ainda mais nas ocasiões em que me sento a uma mesa que tenha copos e garrafas sobre seu tampo.

Condição que se materializou naquela noite de sábado.

Sentamo-nos um diante do outro, separados por uma periclitante pilha de livros que ameaçava desabar no colo do vate pernambucano.

A garrafa de uísque ficou do meu lado.

Não havia gelo na casa.

Joaquim Cardozo serviu-se - um dedo deitado -, passou-me o litro e, com sua voz quase inaudível, foi ao centro da questão:

- Conte-me tudo sobre os seus veraneios.

*

Não era nem sou um colecionador de recordações. Da infância muito menos.

Simplificando: acho que os que tiveram uma infância banal - roupas limpas, pratos cheios e pais que não se engalfinhavam o tempo todo - esquecem as muitas brincadeiras e os carinhos constantes.

Talvez por isso, por ter sido uma criança assim, não me transformei no grande bardo anarco-niilista que julguei ser aos vinte anos.

O certo é que, naquela noite sabatina - hipnotizado pelos olhos verdes do poeta, camuflados sob uma touceira de espetadas sobrancelhas - revivi às muitas férias passadas na imensa casa de praia do meu avô materno.

Eram férias quase intermináveis porque mamãe e eu seguíamos para o litoral assim que acabavam as aulas, em meados de dezembro. E só retornávamos à nossa cidade - perdida no meio do deserto verde, sitiada por cerros de pedra e por um rio magro - no começo de março. Papai passava o mês de janeiro conosco.

- Como é o mar de lá? – perguntou-me o poeta.

- Muito frio, mesmo no verão - respondi. - As águas são geladas. Mal mergulhava, eu ficava com os beiços roxos.

- E o vento?

- Furioso o tempo todo. Arrasta tudo que pode.

- E a areia?

- Fina como talco. Invade nariz e orelhas.

- Vento e a areia, juntos, o que fazem?

- Chicoteiam os banhistas.

- E o sol de lá, como é?

- Queima sem que a gente perceba.

- Não é possível!

- A brisa que vem da água fria é muito traiçoeira.

- E as noites?

- Sempre estreladas. Embora o céu seja negríssimo.

- Como vocês iam até o mar?

- De trem.

- De trem?

- A viagem durava quinze horas.

*

Pronto. É isso.

Só muitíssimos anos - cinquenta? - depois de ter trabalhado com Joaquim Cardozo, li os dois livros de poesia que publicou em vida. Li também suas peças de teatro. Li sobre sua vida. Li sobre a tragédia que lhe infernizou os últimos anos.

Decidi então que precisava escrever para contar como foi que nasceu o poema que vem entranhado neste relato...

Mas como foi isso?

É o que veremos.

*

No dia em que me despedi de Joaquim Cardozo, porque meu contrato de um semestre havia acabado, ele me entregou um envelope pardo idêntico ao usado pelo burocrata no sorteio dos nomes.

Fazia duas ou três semanas que havíamos atravessado aquela madrugada, falando sobre o mar de águas geladas, no apartamento dele.

No rosto do envelope, letras quase ilegíveis anunciavam: "O último trem da infância - poema de verão".

Levei o envelope comigo e, sem abri-lo, apressado, enfiei-o em um volume de enciclopédia, que o engoliu com avidez. Eu tinha agendado um encontro galante naquela noite. Um dia depois já não me lembrava do tal poema. Por isso, ele ficou homiziado por décadas entre as páginas de um volume de enciclopédia.

*

O menino acorda no começo da tarde

Despertar foi uma festa
Após sonhos tão ruins
Ao olhar pela janela
Eu só vi campos sem fim

Cruzávamos um mar verde
Ondeado pelas coxilhas
Os muitos capões de mato
Faziam as vezes de ilhas

Umas vacas preguiçosas
Banhavam-se nos regatos
Enquanto sobre as pedras
Bronzeavam-se os lagartos

Depois vi um menininho
Abanando para mim
Parecia muito triste
De viver em um confim

Montado no seu cavalo
Apareceu-me um gaúcho
Penava o pobre animal
Pois o homem era gorducho

O trem parecia parado
Mas seguia em viagem
Empurrada para trás
Ia ficando a paisagem

Matas, coxilhas e cerros
Brejos, arroios e açudes
Aquilo era a natureza
Em toda sua plenitude

Agitadas pelo vento
As árvores que eram poucas
Arrancavam seus cabelos
Pareciam estar loucas

Enfiei o meu pescoço

Para fora da janela
Recebi o vento na cara
Ele cheirava a macela

Revi a minha cidade
Incendiada no vermelho
Do velho sol que morria
De mãos postas, de joelhos

Então surgiram as casas
Algumas de pau-a-pique
As outras eram de barro
Umas poucas eram chiques

De repente uma surpresa
Vi numa pobre cabana
Um fraco foco de luz
De abajur de porcelana

Naquela luz amarela
Movia-se um estudante
Que se achava perdido
No labirinto de Dante

É um garoto despenteado
Pura pelanca e osso

Que procura uma rima
Que combine com Molosso

*

Foi só depois de ler, há uns poucos anos, a edição das obras completas de Joaquim Cardozo que me lembrei do envelope recebido do meu último dia de estágio.

Sempre guardei todo e qualquer papel. Tenho até mesmo meus holerites (assim eram então chamados os recibos do meu soldo) de estagiário.

Fui à enciclopédia, que não consultava há décadas, e localizei o velho envelope.

Dentro dele estava, na letra ímpar de Joaquim Cardozo, a poesia sobre um menino que viaja em um trem encantado.

Pode parecer gabolice, mas eu acredito que foi após aquela brincadeirinha em redondilha maior que ele teve a ideia de escrever - anos depois - aquele que é um dos maiores poemas da língua portuguesa: "Visão do último trem subindo ao céu".

Um magnífico espetáculo de aviltante bajulação

- Mãe, o pai chorou!

- Não me diga - a mulher fecha o livro.

- Foi quando parou de cavar - diz o rapaz em voz baixa, inclinando-se.

- Não acredito - ela passa a mão pelo rosto do filho.

- Pois a senhora pergunte a ele.

- Vou ao banho - diz o homem, atravessando a sala a passos largos. - Não nasci pra coveiro.

- Me conte o que aconteceu - pede a mulher num sussurro.

- Foi muito rápido. O pai passou a mão nos olhos, mas eu vi as lágrimas, poucas.

- Seu pai chorando? Por essa eu não esperava.

A grande cadela maluca corria que nem uma degenerada. De um salto saía da sua casa e zunia rente ao muro com a vizinha e dobrava à esquerda e cravando suas garras poderosas no chão pelado atravessava os dez metros até a esquina e quebrava mais uma vez à esquerda chispando junto à cerca gradeada, ao fim da qual encerrava sua exibição de fúria e perplexidade. Ainda latindo, ofegante, voltava então para sua casinha, construída sob a amoreira.

A grande cadela maluca tinha o pátio a seu dispor, mas preferia preguiçar dentro de sua própria casa. Estendia-se sobre a frescura do piso de cimento alisado, a cabeça próxima da abertura, apoiada nas patas dianteiras. Piscava para a claridade e bocejava. Mordia o ar quente na tentativa de caçar moscas insidiosas. Após a pancada seca dos dentes se chocando, sacudia vigorosamente a cabeça. Moscas do diabo!

De vez em quando, dava um espetáculo.

Bastava alguém costear o muro do fundo do pátio falando alto ou rindo. Para quê? Esquecida das moscas, ela arrancava para mais uma demonstração de força, velocidade e indignação. Quem era o desaforado que se atrevia a romper o silêncio daquele canto calmo da cidade? Vinham latidos estrangulados pelo espanto e pela ira. Vais e vens de tontear. Repulsa colérica daquela monta, no entanto, não podia durar muito. E ela se dirigia à vasilha de água, mantida sempre na sombra, ao lado da casinha.

No fim da tarde descia da escola uma garotada vasta, de toda espécie. Havia as criaturas muito pequenas que se agachavam e colocavam as mãozinhas pelo meio das grades para receber o carinho gosmento da longa língua vermelha. Havia diabretes maiores que gostavam mesmo era de bater com força as mãos abertas na chapa de metal da cerca para endoidecer a cachorra, que de calma não tinha nada. A pobre não sabia o que fazer.

Acarinhava as vacilantes mãozinhas assustadas ou latia para a barulhada dos mais taludos?

- A Pirata, sua louca! - gritavam os galalaus depois de estapearem o metal sonoro.

- A Piratinha - balbuciavam os pequeninos, entre exultantes e enojados, retirando a mãozinha lambida.

- Vamos chamá-la Pirata - disse a mulher.

- Isso nunca - retrucou o homem. - Não pode ser Pirata porque não tem jeito de cachorra macha. É frouxa, não aguenta cócegas.

- Vai ser Pirata - insistiu a mulher. - O apelido é perfeito. Olha só este olhinho.

O homem pegou a cadelinha e aproximou seu rosto anguloso do trêmulo focinho úmido. Impressionante a negra mancha que circulava o olho esquerdo.

- É um tapa-olho perfeito! - voltou a mulher. - Pirata!

Os olhos míopes do homem, aumentados pelas lentes grossas, assustaram a coisinha branca pintalgada aqui e ali por bolinhas negras, que se pôs a ganir.

- Podia ser Maria Bonita - disse o homem. - No cangaço havia mulheres machonas. Eram ainda mais cruéis que os homens.

- Pirata - teimou a mulher. - Ela nasceu com uma cara perfeita pra receber esse nome. Pirata.

- A Pirata - concordou o homem. - Está bem. Eu cedo. Mas para mim ela será sempre A Pirata. Pirata só se fosse macho, mas não é. A Pirata.

A cadela de pernas altas e musculosas em que aquele nada de filhote se transformou era apaixonada pelo menino da casa. Não digo que desprezasse os adultos e as meninas, apenas não prestava muita atenção a eles.

Quando o menino surgia no pátio, ainda vestindo a farda do colégio, ela apresentava seu melhor número: um magnífico espetáculo de aviltante bajulação.

Para começar, enterrava a cara na cerâmica fria da varanda. E com um olho só, desconfiado e brincalhão, observava o recém-chegado. Esperava que ele abaixasse para então saltar e escapar-se do abraço dele. A Pirata, sua doida. A seguir, fingia-se de morta, olhos semicerrados, focinho sobre as patas. A sua segunda fuga da tentativa de carinho era ainda mais espetacular. A bem dizer escorregava por entre os braços do garoto, dava-lhe uma lambida gosmenta na bochecha e chispava para o centro do pátio. Ali, latia furiosamente diante do ataque de incontáveis inimigos invisíveis. E, para livrar-se deles, encenava as mais estrambóticas performances guerreiras. Exibia dentes e garras, rosnava, unhava chão e ar. Mas, de repente, imobilizava-se, exausta. Admitia, por fim, o exagero cenográfico. Envergonhada, baixava a cabeça e varria o chão com as orelhas. A imobilidade, porém, não se delongava. Encostava-se à pitangueira e roçava com gosto e vigor o lombo lustroso. Era o patético ponto final. Dali em diante, dedicar-se-ia a receber as carícias do menino, latindo mansamente aos pés dele.

Um dia, anos depois, a cachorra ficou velha.

Não corria mais pelo quadrilátero do pátio. Não latia para ninguém, nem mesmo para os moleques nojentos que esmurravam a chapa metálica. Penava para subir os degraus que levavam à varanda. Não mais abocanhava moscas. Dormia onde caía. As pessoas batiam à porta da casa para avisar que a coitada, caída no meio do pátio, sob um sol tenebroso, estava tentando se levantar e não conseguia. Não se exibia mais para o menino porque ele, já meio rapaz, de penugem acima dos beiços, não descia mais ao pátio depois da escola.

- Ontem eu vi um rato enorme comendo a ração da Pirata - disse a mulher. - Ela deixou que ele comesse o quanto quisesse.

- Chegou a hora - retrucou o homem. - Vou comunicar a triste verdade ao proprietário da besta.

O rapaz não quis conversa.

- Que história é essa, pai? Matar a Pirata?

- Matar, não. Sacrificar é palavra mais ajustada.

- Nunca.

- Nunca diga nunca. Você já deve ter ouvido esta frase ridícula e certeira: nunca diga nunca.

- Nunca.

- Então vá ao pátio - disse o pai. - Da varanda observe sua filha. Verá que ela não corre mais, se arrasta. Verá que não presta atenção às crianças da escola. Verá que fica onde cai porque não consegue mais se botar sobre as patas. Ela está viva, porém morta. Isso acontece também com os homens. Muitos morrem antes de perder a respiração. O pior: ela já não enxerga mais os ratos, nem sente a catinga deles.

Certa tarde veio o veterinário. A palavra *nunca* fora afastada.

Aconteceu debaixo da pitangueira.

O doutor explicou tudo direitinho.

- A primeira injeção é pra que ela não sinta dor.

A grande cadela magérrima e ossuda estava deitada sobre as pernas do rapaz que, sentado no chão, recostado contra o tronco da pitangueira, tinha a cara tisnada de tristeza.

- A segunda injeção arrefecerá os batimentos do coração dela.

O rapaz aquiesceu com um vago gesto de cabeça.

Foi o que ocorreu. Duas agulhadas. O batuque do coração se enfraqueceu aos poucos. Devagar.

De repente, a esplêndida fêmea branca com tapa-olho preto de flibusteiro não estava mais entre os vivos. Repousava deitada no chão umbroso, a cabeça no colo daquele que fora seu pai e sua mãe, um rapaz que um dia fora um menino. A grande cara comprida, espichada pela magreza, exibia para quem quisesse ver a pinta negra perfeitamente redonda em torno do olho esquerdo.

- Deixe comigo - disse o pai. - Ela vai ser plantada ali onde parava a fim de lamber as mãos das criancinhas.

O enterro foi naquela noite.

- Pra onde vão as almas dos animais? - quis saber o rapaz, que segurava a lanterna.

O homem parou de cavar. Enterrou a pá no montículo de areia fofa. Passou as mãos pela base das costas. Buscou um cigarro no bolso da camisa. Riscou o isqueiro.

- Sim, senhor, isso é o que eu chamo de bela pergunta. Pois eu vou lhe esclarecer o que se passa com o espírito dos cães falecidos. Vão pra um lugar onde há muita água e pouco inseto. Várias vertentes, nem mosca ou pulga. Lá, como ninguém lhes dá comida, voltam a caçar. Apanham bichos pequenos que se entocam nos morros. Preás. Correm o tempo todo. Cansados, deitam-se à sombra das árvores.

O rapaz movimentou a lanterna. O homem passou a mão pelo rosto, indicador e polegar drenando os olhos úmidos, e depois acabou de agasalhar na terra o corpo ossudo.

Lanterna apagada, o rapaz saiu na frente a passos ligeiros.

Na sala, aproximou-se da mulher que estava sentada no sofá, iluminada pelo abajur de pé, lendo um livro.

- Mãe, o pai chorou!

A Cerimônia de Adeus do Yokozuna Amoyama

Meu velho avô Kurama Takahashi, o mais gentil dos homens, pediu permissão a meus pais para que eu faltasse às aulas a fim de acompanhá-lo à Cerimônia de Adeus do grande Amoyama.

Meu velho e cego avô, Kurama Takahashi, queria que alguém de sua máxima confiança, alguém de sensibilidade semelhante à dele, lhe relatasse em detalhes a retirada daquele que considerava o maior lutador de sumô de todos os tempos.

Meus pais cederam, claro, embora fossem rigorosos no controle dos meus estudos. Jamais eu havia faltado um só dia à escola. Mesmo quando estive com febre alta naquele inverno das fortes nevascas. Cederam porque ninguém resistia a um apelo do mais gentil dos homens, que era meu falecido avô Kurama Takahashi.

Então fomos, meu idoso avô e eu, ele agarrado ao meu braço, pelas ruas de Tóquio, pela sempre cambiante paisagem colorida que se desdobrava diante de nossos olhos, os meus olhos cheios de luz e os de meu avô, plenos de sombras.

Foi na manhã de um dos últimos dias do torneio de setembro.

Embalado por uma entusiasmada orquestra de aplausos, o sempre majestoso Amoyama ingressou no estádio imenso que, naquele dia, tinha só uns poucos lugares vagos.

Ladeado por uma dúzia de homens gordos, que vestiam quimonos azuis, o grande yokozuna subiu ao dojô a fim de cumprir o ritual da sua aposentadoria.

Ali estava ele para, pela última vez, repetir com supremo rigor e elegância os gestos que haviam impressionados os japoneses ao longo de quase três décadas.

Que gestos eram esses?

Primeiramente, de olhos fechados, Amoyama abriu seus imensos e poderosos braços como se fosse um albatroz preparando-se para alçar voo na praia cinzenta de um mar sacudido por ventos furiosos.

Depois, por três vezes, bateu com a mão direita fechada no peito, como alguém que, na porta do céu, implora aos deuses que lhe franqueiem o ingresso, o ingresso merecido por todos os que foram bons e justos ao longo de sua vida.

A seguir, ainda mais vagaroso, demorou-se na certeira disposição dos pés.

- Ele está se agachando - contei ao meu avô. – Acho que procura o ponto certo para obter depois o mais devastador dos impulsos.

- É mais que isso - disse meu querido avô Kurama Takahashi. - Ele sabe o exato local em que sopra a energia represada no centro incandescente da terra.

Sobreveio o silêncio. Um silêncio tão denso que só poderia ser cortado pelo afiado sabre ritual de um samurai.

Imóvel, agachado, com as mãos fechadas apoiadas no chão, o yokozuna estava pronto para sua derradeira luta.

Um combate de sumô, me disse certa vez meu amado avô Kurama Takahashi, é aquele mínimo espaço de tempo em que os homens conseguem se transformar nos animais mais ferozes: búfalos, leões, tigres...

Ah, esqueci-me de narrar aqui, como também me esqueci de relatar a meu avô Kurama Takahashi naquele dia, que, enquanto Amoyama encenava sua preparação guerreira, do outro lado do dojô, de frente para ele, um menino repetia os mesmos gestos simbólicos.

Que menino era esse?

Era um pequeno ser magricelo - com a fina cintura envolvida por um mawashi branco - que um homem gordo de quimono azul colocara ali e, com gestos severos, ordenara a ele que se mostrasse um adversário à altura de Amoyama.

Bem, concretamente: era um garotinho de quatro anos, noventa e cinco centímetros e quinze quilos, chamado Akira Nakamura.

Dele veio a grande surpresa.

Sem esperar que o árbitro ordenasse o início do combate, o destemido Akira Nakamura lançou-se contra o colossal homem seminu que tinha diante de si e aplicou-lhe um vigoroso e certeiro uwatê-naguê.

O que se viu então foi uma maravilha, uma cena jamais registrada em qualquer outra Cerimônia de Adeus, a cena que tive a suprema felicidade de narrar, em todos os seus muitos pormenores, a meu bondoso avô Kurama Takahashi.

O que se viu então foi o movimento elástico de um corpo de 150 quilos de músculos sendo projetado no ar, girando, o queixo enterrado no peito, os braços cruzados, os cotovelos projetados, as pernas flexionadas, girando, girando, até que se espatifou no solo com o estrépito de uma grande árvore que cai, abatida por um raio, na clareira de uma exuberante floresta tropical.

Foi uma cena de segundos como são todas as cenas inesquecíveis do imorredouro sumô.

Novamente a plateia explodiu. Muitos jogaram para o alto suas pequenas almofadas como se tivessem assistido, de fato, à derrota de um consagrado yokozuna por um maegashira novato.

Amoyama levantou-se lento, mais lento que nunca, zonzo como jamais, trêmulo, atônito, assustado e incrédulo. Digna e dolorosamente, como se estivesse mesmo muito machucado, como se tentasse esconder dores insuportáveis, encaminhou-se com passadas incertas para o lugar de onde deveria cumprimentar o vencedor. E dali, com a reverência respeitosa que sempre destinara aos raros homens que conseguiram vencê-lo, saudou Akira Nakamura.

Ainda no centro do dojô, porque esquecera que deveria voltar à sua posição, o pequeno rikishi não conseguiu nem mesmo abaixar a cabeça. Permaneceu imóvel, boquiaberto. Era uma delicada estatueta de assombro. Jamais imaginara as consequências quase fatais do tremendo golpe que aplicara naquele gigante que, agora, com as costas sujas de areia fina, se vergava diante dele, humilde.

Nesse momento, o mesmo homem gordo de quimono azul, segurando na mão esquerda um pequeno banco, subiu ao dojô e pegou o pequenino Akira com a mão direita, como um pai que recolhe do gramado um brinquedo esquecido pelo filho, e, numa ação quase simultânea, colocou o banquinho no exato centro da arena.

Nesse banquinho, demorado e majestoso, sentou-se Amoyama.

Pouco depois subiu as escadas do dojô o avô de Amoyama, um velhíssimo pastor mongol, franzino e encarquilhado, com uma barbicha de uns poucos fios e uma espetada cabeleira branca, ainda íntegra.

Olhos tomados por uma úmida luminosidade, ele agarrou com suas mãos nodosas a grande tesoura que lhe confiaram, aproximou-se do seu neto, seu único e adorado neto, e com golpes rápidos e certeiros lhe cortou os longos cabelos pretos.

Passemos agora ao rosto de Amoyama.

O que expressava aquela carantonha imberbe de maçãs salientes, olhos negríssimos e queixada de baleia?

Nada além de tristeza. Exibia apenas a melancolia que o acompanhara nos seus muitos anos vitoriosos. A tristeza permanente que lhe dera o cognome famoso:

Amoyama, o Triste.

Discurso da mãe do goleirinho

Nunca pensei que um dia escreveria um conto.

Muito menos um longo poema rimado.

Sendo assim, como e por que me apresento aqui com uma prosa que vem entrançada com um poema?

Melhor dizendo: por que eu trouxe até estas páginas um poema que necessita, para ser compreendido, da ajuda de uma narrativa.

Calma! Falei "compreendido"?

Desde quando poemas podem ser "compreendidos"?

Pelo que sei, esses exibicionistas, os poetas, se dão por satisfeitos quando causam algum impacto no leitor. Tanto faz aversão ou cumplicidade. Não se importam se o pobre leitor morre de tédio ou se chega a ponto de ter um frisson de tão "tocado".

Não é o caso aqui. Vamos contar uma história que é, no fundo, um discurso amoroso.

O grande problema de toda e qualquer história, como sabemos, é o modo que escolhemos para contá-la.

Primeiramente eu me senti tentada a escrever o que aqui vai. Logo depois me vi empurrada, por deuses anteriores à Cristandade, à rima.

É isso. Fabriquei uma fábula fundida em versos de sete sílabas.

Arre! Quanto mais tento me explicar, eu, mosca-morta, mais me enredo nesta teia pegajosa, na qual, certamente, se enrolarão meus improváveis leitores.

Basta!

Moleque é "coisa feita"
Fabricada pelo Diabo
No meio de um pesadelo
Depois de comer quiabo

O meu não foge da regra
Acaba com meu sossego
Me mantém em polvorosa
Mesmo assim é um chamego

Pra comer ele faz fita
Do feijão só quer distância
Adora batata frita
Troço que não tem sustância

Amarrado em porcaria
Come muito pirulito
Mas pra escovar os dentes
Só se eu dou um faniquito

Vive de canela suja
Gosta mesmo é de bola
Calção todo embarrado
Chora para ir à escola

Os outros não são melhores
Rezam na mesma cartilha
Fazem parte de um bando
Formam uma só quadrilha

Jogam no meio da rua
No campinho e na praça
Mancharam o meu reboco
Quebraram minha vidraça

Retomemos esta insólita anomalia (relato misturado com poema) literária.

Jamais pensei em escrever uma história que tivesse meu pai como protagonista.

A rigor, não conheci meu pai. Ele morreu quando eu estava com três anos. Não guardo uma só recordação dele:

cantiga, cheiro ou carícia. Ele não gostava de sua própria voz, rouca. Odiava perfumes e não fumava. Economizava nos gestos amorosos.

Temos fotografias de meu pai, sim. Não muitas, dezessete. Eu as contei certo dia, quando estava com nove anos.

Quando disse que "temos" fotos dele, eu me refiro a uma dupla de mulheres: minha mãe e eu.

Depois dos meus quinze anos, parei de olhar aquelas fotografias que eram guardadas em uma desbeiçada caixa de sapatos. Durante anos manuseei com um misto de curiosidade e nostalgia aquelas poucas imagens amareladas.

Como seria aquele homem magro, estatura média, cabelos crespos, lábios grossos, que nunca sorria?

Carinhoso ou frio?

Inteligente ou estúpido?

Gentil ou grosseiro?

Aos domingos, no começo da noite, quando sempre me sentia muito triste, eu abria a tal caixa de fotos.

Estava triste por saber que teria pela frente uma semana inteira de aulas.

Não, eu não chegava a odiar a escola. Não gostava das cadeiras incômodas, sofria com o pó de giz e o rangido do apagador.

Eu preferiria não estudar, se isso fosse possível. Mas não era. Isso só ocorreria se minha mãe fosse outra.

Ela sempre gostou de discursar:

- Chegamos à universidade, teu pai e eu. Tiramos os nossos pés rapados, os meus e os dele, do lodo. Escapamos da miséria. Vindos de uma pobreza idêntica, nos ajuntamos na faculdade. Por afinidade social e econômica: os dois mais pobres da turma. Tu, porém, já nasceste na classe média alta, filha de médicos. Por isso, se quiseres, podes até mesmo ser artista. Não é nisso em que andas pensando? Os teus poemas indecifráveis estão aí para provar. Agora, tem uma coisa que é tão certa quanto dois e dois são quatro: tu vais me entregar um diploma superior. De qualquer curso. Serve até Artes Plásticas. Depois, se matares teu marido, irás para uma cela melhorzinha.

Mas não ficam só na bola
Formaram banda de roque
Também brincam de mocinho
Fazem guerra de bodoque

Tem combate de arco e flecha
Tudo feito no capricho
Tem as bolinhas de gude
Batalhas de carrapicho

Tem guerra até de pandorga
Concurso de bilboquê
De noite, esconde-esconde
Não sei mais o que fazer

Desse jeito eu não aguento
Ontem quase eu tive um treco
Por causa dum outro jogo
Que se chama peteleco

Esse se joga com a unha
Do dedo que é o pai de todos
Empurrando uma argolinha
Como se passasse um rodo

Inda tem banho de açude
O meu quase se afogou
A sorte é que Jesus Cristo
Pela grenha o segurou

Meu filho se chama Zé
Um verdadeiro madraço
No dia de anteontem
Quase que quebrou um braço

Resmunga pra ir à missa
Ajuda, São Anacleto!
À catequese não vai
Nem que eu baixe um decreto

Do chuveiro, credo em cruz,
Ele tem é alergia
Só de ver correr a água
Ele todo se arrepia

Sou graduada em Letras: Português e Francês.

Depois de formada, preferi arranjar uma bolsa de estudos a trabalhar como professora. Não teria de gastar saliva falando de poetas a quem só quer saber de música barulhenta.

Anunciei a novidade:

- Mãe, consegui uma vaga no mestrado de Literatura.

- Que interessante! - disse ela, sem mesmo se voltar para mim, concentrada no exame dos seus e-mails.

- Em Porto Alegre.

- Curso gratuito?

- Claro.

- Ótimo. Mas como pensas resolver a questão da moradia, tua moradia, por lá?

- Se ganhar de mesada o que você gasta com o Federico todo mês, eu me arranjo.

Federico é um estridente e irritadiço lulu da Pomerânia de quatro quilos.

- Mestrado em literatura! Como diria teu pai: "Parabéns: muito ruim". Pela cara fechada dele, as pessoas não podiam saber que era brincalhão a não mais poder, o exato contrário de ti. Mas e daí, depois do tal mestrado, pretendes fazer o que da tua vida?

- Não sei.

- Tens razão em não saber - disse ela e começou a responder a um e-mail. - O futuro só a Deus pertence.

A mãe cultiva um extenso e colorido canteiro de adágios, frases feitas e chavões, que sempre usa para encerrar bruscamente nossas conversas, invariavelmente ridículas.

Nossos diálogos, em geral, são insossos e insignificantes.

Aliás, será que duas mulheres que vivem juntas em uma mesma casa, ao longo de duas décadas, podem travar diálogos significativos?

De saúde é um cavalo
Nunca teve nem terçol
Toma muito Biotônico
E também Capivarol

Ele adora batida
De banana ou de maçã
Fez tudo quanto é vacina
Só teve febre terçã

É louco por goiabada
Também por feijão com louro
Comendo como um cavalo

Ficou mais forte que um touro

Mas eu conto pra vocês
O que mais o fortifica
É uma bela caneca
Atulhada de canjica

Um dia depois, a mãe voltou ao ataque:

- Sabias que tua avó está morando em Porto Alegre?

- Vó Henriqueta? Não. Desde quando?

- Deve fazer uns cinco anos, desde que tua tia Emília foi transferida pra lá.

- E eu, o que tenho a ver com isso?

- Muita coisa. Podes morar com tua avó enquanto estudares por lá.

- Vovó, eu e mais a maravilhosa tia Emília?

- Não. Emília comprou um apartamento pra ela, na Chácara das Pedras. De cobertura. Tem até uma piscininha. É lá que ela vive em paz com seus quatro gatos obesos.

- E a vovó?

- Mora num apartamentinho de dois quatros, num prédio que fica ao lado do edifício da Emília. No lado da sombra.

- Vejo que está bem-informada sobre pessoas pelas quais você nunca se interessou.

- É a necessidade. Eu me preocupo muito com tua segurança. Porto Alegre é uma cidade feia, suja e violenta. Por isso, prefiro que mores com tua avó...

- Não estou compreendendo, mãe. Você sempre odiou tia Emília e jamais gostou da vovó.

- A dor nos ensina a gemer.

A mãe se levantou e começou a recolher os pratos e talheres da janta, mas ainda falando:

- Morando com tua avó, poderás aprofundar os teus laços com ela...

- Que laços? Eu nunca mais a vi desde o enterro do pai!

- Mas ela gosta muito de ti.

- Como você sabe?

- Ela amava muito teu pai. Portanto, eu acredito que ela também te ama. Por transferência. Por sinal, ela gostava muito mais do teu pai do que da Emília. Aliás, nem sei se gosta da tua tia. Emília é inamável. Sempre achei que dona Henriqueta tinha medo dela.

- Não! Não vou morar com a vó! Não tenho cara de pau para me apresentar por lá dizendo: olha, vó, sou eu, vinte anos depois da morte do pai...

- Não seja tão cabeça dura! A velhinha fará 90 anos no começo do ano que vem. Tu poderás até escrever um poema sobre ela. Sem rima, sem pé nem cabeça, como todos os que escreves...

- Você anda bisbilhotando o meu quarto?

- Não. Mas às vezes encontro rascunhos sobre tua mesinha ou jogados no chão, amassados. Notei que, no último ano, vens rabiscando cada vez mais. Então, por isso, agora, eu te sugiro: aproveita tua ida para Porto Alegre e lá escreve um poema sobre tua avó. Seguramente ela tem algumas historinhas interessantes para te contar.

Joga bola dia e noite
De pelada não se cansa
Só para quando ameaço
Apelar pra ignorância

Só para quando eu grito
Bem do fundo quintal:
Vem pra casa, desgraçado
Sai do sol que o sol faz mal!

Meto ele numa tina
Ataco de esfregão
Quase lhe arranco o couro
Do topete ao garrão

Fui morar com minha avó em Porto Alegre.

Bem, ela não tinha muitas histórias para contar. Acho que tinha uma só, esta que está correndo aqui.

Num dia fervente de um final de fevereiro, bati à porta do apartamento de minha avó que fica numa rua curva chamada General Fulano de Tal.

- Como estás bonita, Antônia!

- Não precisa mentir, vó!

- Lembras teu pai: o cabelo encaracolado, a pele clarinha, os olhos verdes... Entra, o café está pronto, quentinho!

Diante de mim, sorridente, mãos na cintura, estava minha avó, Henriqueta Sampaio Siqueira, nove décadas, um metro e meio de altura e um rosto risonho, rasgado por incontáveis rugas, no qual era possível detectar alguma pontinha de tristeza. O mais surpreendente eram os poucos cabelos brancos: concentrados em dois tufos nas têmporas.

Levou-me diretamente ao melhor dos dois quartos, o mais ensolarado, mas não me disse que aquele era o que ocupava até o dia anterior.

- Vais ficar aqui.

Como era o dia daquela senhora, viúva desde os 60 anos e que aos 70 perdera seu filho querido?

A maior parte dos seus dias era passada diante da televisão. Nas manhãs e tardes, com o controle remoto em mãos, garimpava missas, rezas e pregações. Que ela não ouvia direito porque jamais se acostumou ao aparelho auditivo. E que não via direito porque a imagem do velho televisor era tremida.

Vovó rezava o tempo todo, em silêncio, movendo os lábios e rodando as contas do rosário negro com seus dedos nodosos e tortos.

À noite, acompanhava duas novelas, embora as considerasse um manual completo de perversões e sem-vergonhices.

De vez em quando, pegava o telefone, que ficava na mesinha ao lado de sua poltrona, e respondia, aos berros, às ligações de empresas inoportunas.

Em três dias da semana, segunda, quarta e sexta, cozinhava arroz, legumes e fritava alguns bifes.

Toda noite, jantávamos diante da televisão ligada, com o som estraçalhando meus tímpanos.

Levamos algum tempo para descobrir que podíamos conversar depois dos nossos demorados almoços de domingo.

Conversar?

Não! Na verdade, ela falava e eu escutava. Sempre falei pouco. Quando pequena, eu gostava de brincar que era muda. Na escola, quando interrogada pelos professores, murmurava umas poucas e envergonhadas palavras curtas.

Talvez por isso aprendi desde cedo, ainda na infância, que o planeta não girava nem mais lento nem mais apressado se eu abrisse o meu bico. Ou não. Parece uma bobagem, mas só uns poucos descobrem isso. Há até mesmo gente que chega à idade adulta sem saber que suas palavras, quase sempre, nada significam.

Admito que, no começo, eu não escutava minha avó. Mas fingia estar atenta ao que ela dizia. Havia desenvolvido essa técnica na convivência com minha mãe falastrona. De vez em quando, exatamente como quando estava em minha casa, eu fazia algumas perguntas à vovó. Só para que pensasse que eu a estava escutando.

Tola, demorei para perceber que a velhinha não se importava com a minha audiência. Ela, na verdade, só queria falar. Estivera sozinha e em silêncio por toda uma longa vida. Pensando bem, acho que nunca teve a quem confiar seus sentimentos.

O certo é que, por fim, ela havia encontrado uma interlocutora, sua neta, sua única neta, a filha de seu único filho homem, que morrera aos 40 anos.

Na escola é uma desgraça
Eu sempre me desespero
Nota alta é raridade
Acho que gosta é de zero

Só faz o dever de casa
Valha-me, Santa Teresa
Se fungo no seu cangote
Com a cinta sobre a mesa

Nada sabe de História

Padece com a Gramática
Imagine o que se passa
Com a tal de Matemática!

Mas nem tudo está perdido
Gosta de Geografia
Adora Moral e Cívica
E também Filosofia

Mas sobre o que falava aquela mulher de noventa anos? Como todo nós, enfileirava insignificâncias. Suas muitas e diversas dores físicas. A movimentação dessas dores pelo seu corpo todo, ora escalando do tornozelo ao joelho, ou descambando do ombro ao pulso. Também discorria sobre os seus muitos tombos. Alguns explicáveis, outros não. Vinha pela rua e, de repente, sem tropeçar em nada, se ia de cara ao chão. Os boléus súbitos eram os piores. Mas às vezes a culpa era dela própria. Escorregava por causa dos velhos chinelos de solas lisas que insistia em usar. Ou caía do banquinho no qual teimava em subir para alcançar a prateleira de cima do armário da cozinha. Nas quedas mais graves, duas ou três vezes, fora parar num hospital para ser remontada, como ela dizia.

Duro mesmo na sua vida, se é que tinha um problema verdadeiro, era escutar as intermináveis recriminações da filha. Se fosse atender Emília, teria de passar o dia sentada na poltrona da sala ou deitada, no quarto, só rezando.

Mas ela quase nunca falava da filha que não lhe dera netos, a solteirona ranzinza e avarenta. Quando se referia a ela, era só para descrever as tremendas broncas que recebia por ser uma velha boboca, desatenta.

Mas falava, e muito, das suas amigas. Todas mortas. Quando jovens, solteiras, tomavam o trem e iam até o litoral. Depois de comer na pracinha o lanche que haviam levado nas marmitas, passeavam pela beira do mar, falando sem parar, rindo muito e molhando os tornozelos. No fim da tarde, pegavam o trem de volta, já meio tristinhas pela aproximação da segunda-feira. Eram, todas elas, comerciárias e operárias. Borboleteando pela volta delas, estivessem onde estivessem, sempre havia rapazes. Raros eram os que não fumavam e não traziam o cabelo empastado de brilhantina. No carnaval, elas varavam as noites sentadas nas cadeiras que alugavam na frente das lojas da rua central para assistir ao desfile dos blocos. Nos finais de semana, ao longo de todo o ano, sempre havia um baile.

Aí, de repente, uma após outra, elas foram se casando. Vovó foi a última, já perto dos trinta. E demorou a engravidar. Aliás, perdeu a primeira criança. Pouco depois, para sua alegria, veio o menino. Todas elas abandonaram os empregos para cuidar dos filhos que nasciam com uma diferença exata de dois anos entre eles. A maioria teve três crianças. Vovó ficou em duas.

- Teu pai era um amor! Bonitinho: olhinhos achinesados, rostinho redondo e cabeleira de anjinho.

Daquele dia em diante ela não tratou de outro assunto. Concentrou-se no filho, sua paixão. Nada do que dissera antes tinha importância. Aquelas informações todas - sobre moços fumantes, amigas conversadeiras e passeios de trem - eram apenas a introdução de uma história verdadeiramente importante. A história de um menino arteiro que se formou médico e morreu pouco depois de ter ultrapassado os quarenta anos, deixando uma filhinha de três anos, eu.

Vovó, seu marido e as crianças moravam numa casinha modesta em uma vila próxima do centro da cidade. Não precisavam nem pegar ônibus. A menina toda hora ficava pesteada, de uma coisa ou outra. Catapora, sarampo e coqueluche. O garoto, sempre firme, era forte como um tourinho. Ela, uma jovem mulher chamada Henriqueta, adorava aquela vida simples: cuidar dos pequenos, dar banho e fazer a comidinha. O marido era um bom sujeito, embora mal-humorado. Frequentemente tinha rompantes. Ficava furioso, por qualquer coisinha. Nessas ocasiões, quebrava pratos, que jogava contra o muro do pátio pela porta aberta da cozinha. Em compensação, não bebia nem fumava. E não gostava de aposta: prado ou rinha.

Os dois irmãozinhos brincavam nas ruas sem calçamento, às vezes enfiavam os pés nas sarjetas fedorentas.

O menino começou cedo com o futebol. A todo custo, queria ser goleiro. A mãe não entendia aquela vocação dele, de levar bolaços no peito, na carinha, de viver com os dedos destroncados.

- Imagina se ele me leva um bolaço nas partes?

Como as aulas eram pela manhã, os garotos tinham toda a longa tarde a seu inteiro dispor. Nas chuvaradas dos invernos, brincavam pelas ruas e pátios alagados. As meninas ficavam em casa com suas bonequinhas. De manhã cedo, para ir à escola, o menino usava as botas de borracha da mãe, que lhe chegavam aos joelhos. De pés descalços, com a saia arregaçada, ela seguia com o filho até a ponte. No lado de lá, ele calçava os sapatos enxutos que ela trouxera na sacola e saía correndo porque não queria chegar atrasado. Aliás, para o colégio, ele nunca se atrasou um só dia.

No verão, os meninos banhavam-se nos arroios próximos. Os mais taludos iam até o rio. Às vezes varavam os matos atrás de passarinhos, que derrubavam a pedradas de estilingue. Mas também gostavam muito de brincar de caubóis com revólveres de pau que eles próprios construíam. Também faziam carrinhos com carrocerias de latas e rodas cortadas de cabos de vassoura. Houve uma época em que seguidamente guerreavam de espada. Ora eram gladiadores, ora eram espadachins.

Mas a parte mais importante do dia daqueles moleques era pelo meio da tarde, depois que a comida havia baixado, quando eles começavam os torneios de jogo de bola. Emendavam uma partida na outra, sempre discutindo em voz alta, trocando empurrões, contrariados com os resultados, discutindo gol por gol. E nessa toada barulhenta iam até a descida da noite, quando as mães todas, ao mesmo tempo, de suas portas, começavam a gritar o nome dos seus filhos. E logo em seguida eles chegavam, embarrados, ofegantes e loucos de sede. E lavavam-se apressadamente nos tanques, sem prestar atenção aos xingamentos das mães:

- Olha que acabas pegando uma tuberculose, condenado!

- Onde já se viu passar uma tarde toda botando os bofes pra fora atrás de uma bola de plástico!

Mas eles nem se coçavam. Estavam era de olho gordo na sopa da janta.

Porém o pior de tudo
Pior que viver de esmola
A desgraça deste mundo
Se chama jogo de bola

Os guris aqui da Vila
Transpiram de sol a sol
Você acha que é trabalho?
Não. É o tal de futebol

Fizeram uma vaquinha
Pra comprar o fardamento
Até venderam uma rifa

Sorteando um jumento

Compraram balão de couro
Grande, lindo, encerado
Vendendo garrafa e ferro
Pro português do Mercado

Desde que era pequeno
Quando era um perna-de-pau
O Zé pegava no gol
Do começo até o final

Quando engolia um frango
O coitado ia pro banco
Mas não calava a boca
Até que levava um tranco

Num dia entrou em crise
Pensou até em parar
Mas com muito treinamento
Logo foi a titular

Com o tempo melhorou
Até que virou um craque
Nunca largava a posição
Nem em jogo de araque

Jogava todo de preto
Da cabeça até o pé
Sua camisa era estofada
Usava luva e boné

Era cheinho de manha
Dava beijoca na trave
Abria os braços e rezava
Que Santo Antônio me salve!

Ela, a mãe, sonhava com o futuro do filho. Mas nunca, jamais, poderia imaginar que um dia ele chegaria à faculdade. Menos ainda a de Medicina. Nunca de nunca! No primário, ele não era dos mais estudiosos, não, ficava sempre na faixa das notas entre cinquenta e sessenta. Mas no ginásio foi melhorando. Depois, rapazote, já trabalhando, ele cursou o científico noturno. Isso porque conseguiu aquele emprego na fábrica. As notas que ele passou a tirar eram impressionantes. Raramente baixavam de noventa. Ela, Henriqueta, até pensou que o filho se tornaria professor, pelo tanto que ele estudava. Mas, se fosse pela vontade dela, gostaria mesmo que fosse oficial do Exército ou da Marinha. De espada e farda de gala. Um dia, porém, ele soltou aquela bomba: queria ser médico. Ela e o marido ficaram pasmos. Mas como? Como ia ser, como ia não ser?

Ainda bem que, naquela época, criaram na fábrica um terceiro turno, à noite. Foi a salvação. O pai arranjou uma colocação para ele por lá. Vieram anos difíceis. O pobre rapaz vivia com sono, feito um zumbi. Dormia até sentado, de cara enfiada nuns livrões grossos. Levou mais tempo que os outros, mas acabou se formando. Não, não, ela nunca esperou tanto dele. Para ela, bastava um bom emprego, de carteira assinada. No comércio ou numa fábrica, tanto fazia. O pai dele, por exemplo, que trabalhou por mais de trinta anos na Fábrica de Tecidos, chegou a se aposentar como encarregado de secção.

Era o mais elegante
De chuteira bem lustrada
Tinha garrafinha d'água
E toalha perfumada

Num domingo teve um jogo
Decisão de campeonato
Capitão deu um recado:
Tudo que é bola pro mato

O guri tava assustado
Com medo de um fracasso
Imaginem se o pobre
Toma logo um frangaço

Eu gritei como uma louca:
Só tem cabeça de bagre!
Pra vencer esse timeco
Não precisa de milagre!

Vai em frente, filhote!
Esse time é uma peneira!
Quando fizermos um gol,
Eles abrem a porteira!

Assim foi dito e feito
Zé jogou como uma fera
Fez até um gol de pênalti
E correu para a galera

Depois deu volta no campo
Nos ombros de um companheiro
Claro que ele merecia
Por ser também artilheiro

Ganhamos de três a zero
Sabe quem ergueu a taça?
Claro, foi o meu garoto
Por jogar com muita raça

Teve até volta olímpica

Tocou o hino nacional
Medalha e até troféu
Tudo bem profissional

Com bola ou sem bola eu amo
Doidamente este pirralho
Acho que ele se ajeita
Quando arranjar trabalho

Pode ser de estafeta
De firma ou da Prefeitura
Pode ser lavando carro
Ou caiando sepultura

Se um dia arruma um trampo
Passa a estudar de noite
Mesmo que ganhe bem pouco
Vai me ajudar um monte

Depois vem a namorada
Moça boa e sensível
Que lhe botará um freio
Desligando-lhe o fusível

Um poema!

Então, numa noite de domingo, estando eu já deitada, resvalando para o sono, me veio a ideia. Um poema. Só um poema poderia reproduzir tudo aquilo que vovó me contara sobre seu único e verdadeiro amor. Suas palavras jogavam luz sobre dezessete velhas fotos amareladas.

Um poema!

Sim, um poema que teria de ser intitulado assim: Discurso da mãe do goleirinho.

Quando fizer vinte anos
Por fim tomará um jeito
Vai estudar como louco
Talvez vire até prefeito

Por fim me dará um neto
Que não seja tão maluco
Menininho previsível
Como um relógio de cuco

Agora tem uma coisa
Digo em boca de siri
É carinhoso demais
O danado do guri

Ele se abraça em mim
Me chama de mamãezita

Mas reclama que eu falo
Muito mais que caturrita

Um dia me pegou no colo
Me pôs em cima do armário
E me pediu pra cantar
Como se eu fosse um canário

Passa o dia sorrindo
Tá sempre de bom humor
Diz que eu sou enxerida
Da chatice a fina flor

Até que ele sai ganhando
Pesando contras e prós
Não é um mala-sem-alça
Respeita pais e avós

Mas agora me desculpe
Aqui paro a falação
Tenho mais o que fazer
Na pia, tanque e fogão

Nunca tenho um descanso
Nunca passeio na praça
Vê a pilha de uniformes?

Vou lavar e é de graça

Depois passo no capricho
E até perfume eu pingo
Vai ficar tudo nos trinques
Para o jogo de domingo

Naquela noite lembrei da minha professora de português, Maria Lúcia, apaixonada por cordel, que lia em sala, entusiasmada, dramática, chorosa ou exultante, aquelas histórias rimadas de amor desembestado.

A toada gostosa dos versinhos de sete sílabas, a redondilha maior.

Percebi naquele momento que a história daquele menino, filho de um industriário e de uma dona de casa, meu pai, morto aos quarenta anos, criado numa vila, mas que, com grandes sacrifícios pessoais, conseguira se formar em Medicina, só poderia ser contada em um poema singelo, singelo como a mulher, minha avó, que a contou para mim.

Aqui encerro o discurso
Chego ao fim da minha obra
Perdoem se falo mais
Do que o homem da cobra

Breve memória de Simeão Boa Morte

Capítulo 1 / O narrador descreve seu próprio enterro

Tão logo faleça, serei plantado no chão sempre úmido da minha terra natal, de chinelas e enfiado em um modesto roupão, por Preto João, irmão meu de leite e companheiro de vida toda, que cumprirá exato o que para ele estipulei: em noturna escuridão, sem preces ou velas, deitar-me-á o cadáver talvez ainda morno na beira do Arroio das Pelotas, à sombra das laranjeiras, no cemitério de nossa família, a poucos passos do jazigo em que repousa eternamente o Visconde da Misericórdia, amado meu avô, o maior de todos os Boa Morte.

Entre o meu derradeiro suspiro e o terminativo acomodar-me no leito de barro, Preto João lavrará em compungido silêncio. Verterá lágrimas poucas porque, como nunca fui derramado, não transmiti a meus pouquíssimos chegados o amor à choradeira, prática arraigada nesta nossa infausta Pátria.

Disse-lhe: “Só tu, Preto João, me conduzirás à última minha morada. No após, guardarás mudo segredo. Quando, porém, sentires tu a aproximação da Velha Com A Foice compartilharás com gente do meu sangue o secreto sítio de minha derradeira habitação”.

Prevendo que o próprio Preto João tombe de súbito, sem poder repassar nosso segredo, deixarei curta carta testamentária esquecida na gaveta maior da minha primeira escrivaninha, aquela que o avô me deu de presente quando comemorei meu décimo aniversário. Nesse documento, além de distribuir meus não muitos bens e de indicar o local de meu não-identificado sepulcro, lego um pensamento como derradeira mensagem:

“Escrever é um vício como qualquer outro”.

Capítulo 2 / A face mais íngreme da aspérrima montanha que é o espírito humano

Já que se trata de repudiar inteiramente um conto nefasto, comecemos pelo fim. Aqui vai o prego final cravado no meu ataúde pelo burocrata de fundilhos lustrosos: "Seja como for, efetuou-se o enterro com muita pompa e rara solenidade".

Nego enterro, pompa ou solenidade!

Registra o senhor Joaquim Maria Machado de Assis, semeador de tantos livros de histórias curtas, no mesmo viperino conto intitulado “O alienista”, que, cerradas as portas de uma tal Casa Verde, ao cabo de dezessete meses me fui a óbito.

Nego!

Vide capítulo anterior.

Não! Ainda não me apartei deste mundo mesmo transcorridos mais de cinquenta anos após o fechamento das portas do meu depósito de alienados, que, de verdade, chamava-se Oca Pitanga, que em língua brasílica significa Casa Vermelha. Mantenho-me vivíssimo e mais lúcido e ativo que nunca, devo acrescentar.

Não, não deixei minha existência "sem ter podido alcançar nada", como lavrou aquele escriturário de tantas falsidades.

Não! A verdade é que escalei a face mais íngreme da aspérrima montanha que é o espírito humano. E, perdão pelo excesso retórico, no seu cume ventoso enterrei minha bandeira.

O que me foi dado ver e conhecer, estando eu lá, no píncaro mais alto, é por demais surpreendente e rico e raro para que eu o compartilhe nesta obra ligeira. Nada repassarei.

A mente humana não suportaria tal carregamento.

Capítulo 3 / Turbamulta de pascácios

Passo agora a comentar mais uma torpe afirmação rabiscada pelo pérfido escritor: "Entregou-se ao estudo e à cura de si mesmo".

Não nego. Tinha sob lupa um único paciente, no entanto excepcional: eu, eu mesmo.

Cabe neste ponto uma indagação:

O que será mais apropriado ao estudo da mente humana: a análise de alguém que tangencia a genialidade ou o exame de uma turbamulta de pascácios?

Deixo essa dúvida a cargo de vossas senhorias.

Sim, isolei-me a mim do mundo por algum tempo. Estudei-me. Fui até o mais escondido desvão da minha perturbada mente. Decifrei-me.

No entanto, era jovem e fogoso. Passado o resguardo de alguns anos, mergulhei de cabeça nesse fervente caldeirão que chamam Vida. Queria devorar tudo o que estava ali borbulhando. Comi de tudo e em grandes quantidades, mas só agora, quase chegando aos setenta e cinco anos, vejo que todas aquelas vitualhas eram insossas.

Tantas desventuras!

Reafirmo, porém, que nessas tantas décadas decorridas sempre permiti que o Orbe, travestido em papel borrado, penetrasse pelas aberturas de minha residência, que se assentasse à minha vasta mesa de estudioso e que me contasse suas pequenas e grandes tragicomédias.

O que mais me interessava nesses incontáveis pacotes com livros, jornais e revistas?

Obras fabricadas por um determinado amanuense do Império e rabiscador de textos curtos e amargos, embora amolecidos cá e lá por ditos brincalhões.

Sim, meus portões sempre estiveram franqueados para a chegada dos muitos produtos nascidos da imparável pena daquele escrevente que escarneceu de mim em um conto tão extenso quanto debochado publicado em 1881 em uma revista fácil de uma cidade perdida.

Capítulo 4 / Lei da Inevitável Compensação Anímica

Descobrindo certo dia que o indigitado escriba padecia de tartamudez, quase o perdoei.

Adentremos então o campo em que escarvo, o da mais pura Ciência cerebral. A Lei da Inevitável Compensação Anímica, fixada por Anacreonte de Lesbos, no remoto Século VIII Antes de Cristo, determina que todo ser desprovido, no seu nascedouro, de uma das habilidades que constituem e diferenciam os humanos, receberá, em contrapartida, outra aptidão, diversa, duplicada.

Foi o caso do referido indivíduo.

Lesado no domínio sonoro verbal, o nascituro Joaquim Maria recebeu de deidades zombeteiras, multiplicada, a habilidade de dispor, maliciosamente, vernáculos sobre uma folha branca. Habilidade de que ele largamente se utilizou, sempre de modo matreiro e pernicioso.

Capítulo 5 / O mais profícuo casamenteiro literário do Universo

Enquanto avançava eu no conhecimento das moléstias que nos assolam a alma e, depois, enquanto me debatia nas ondas desse Oceano furioso chamado Vivência, especializava-se o meu antagonista em fabricar novelinhas namoráveis.

Digamos, para bem sintetizar o fenômeno, que ele se tornou mestre em navegar em círculos ao redor do Nada. Lavrava relatos que conduziam seus leitores a lugar nenhum.

Palmilhou a vida inteira o mais vazio dos Nadas, o Nada namoradeiro. Quem chupa cachimbo fica com a boca torta. Homem que por cinco décadas e um lustro escreveu para publicações dedicadas a senhoritas, senhoras e viúvas patuscas, rabiscando tão somente a respeito de melosas paixões, acabou ele próprio se transformando no mais profícuo casamenteiro literário do Universo.

Capítulo 6 / Surge uma leitora

Neste exato ponto do nosso tratado, apresenta-se uma personagem feminina, que nos interroga:

- Nessas pantomimas amorosas perfumadas com água de laranjeira, doutor Simeão, como caminhava ele, o tal Joaquim Maria? Avançava célere em direção ao Nada ou retardava-se, deliberadamente, num cuidadoso rendilhado de insignificâncias?

- Delongava-se até o insuportável, perspicaz leitora. Esparramava-se por cinco ou sete mil palavras em uma composição que poderia ser bem enfeixada com apenas mil.

- Por quê

- Por pecúnia! Metal vil, senhorita. O mercenário recebia seus subsídios pelo tanto de linhas impressas ou palavras contadas que obrava.

- Não creio no que me diz, doutor!

- Pois creia. Foi o que se deu de fato. O certo é que, regido por esse viés mercantil, o cidadão fluminense também conhecido como Machadinho progride sempre sinuoso e lento nos seus lavores. Entra por pequenos riachos às margens do rio principal. Pula neles, lava cabelo, barba e axilas e retorna depois à sua demorada canoa. Mais vocábulos, mais moedas.

- Mas só tratam de conúbios esses continhos?

- Por questão de economia estilística, responderei adiante.

Capítulo 7 / Donzelas e mancebos

Antes de seguirmos, preciso reconhecer aqui que o senhor Machado de Assis produziu vinte ou trinta redações curtas que ferem assuntos outros que não os esponsalícios. Essas são aceitáveis. Mas a verdade é aquele alfaiate aviou mais de duas centenas de peças literárias reduzidas que tratam de lengalengas matrimoniais.

Em momento de verdadeira ansiedade espiritual, eu até me questionei:

Será que o consórcio matrimonial é a principal atividade comercial/industrial/agrícola desta nossa analfabética Nação?

Se levarmos em consideração tudo o que produziu aquele escrevedor, concluiremos que sim.

A trajetória vital de todas as nossas tontas cachopas atinge seu pináculo naquela caminhada no templo, em direção ao altar, quando, vestidas de branco, deliciam-se com o olhar invejoso das amigas.

- E os noivos, doutor Simeão? Com que sonham os cretinos?

- Os desenhados por esse nosso pintor de fuxicos ambicionam, na sua vasta maioria, um assento na Câmara dos Deputados. Muitos deles, antecipados, até esboçam discursos de posse. Os poucos que não se sentem inclinados pela deputação se contentariam com um consulado ou uma promotoria.

- Em suma, todos eles querem um empreguinho no generoso Império?

- Não só o emprego. Todos eles ficam ainda mais alegrinhos quando a mão daquelas que capturam vem acompanhada de uma plantação de cana-de-açúcar, de uma estância com muitos ruminantes ou de um robusto armazém de secos e molhados.

Capítulo 8 / Narrativas sacudidas por surpreendentes peripécias

Lamento informar que nunca as queridas leitoras poderão encontrar - nessas fábulas sobre a união nupcial em uma sociedade de finórios interesseiros, machos ou fêmeas - uma bela história de amor romântico.

- E aos leitores másculos, o que é oferecido aos sacripantas?

- Nada. Como sabemos, varões são alucinados por narrativas sacudidas por muitas peripécias. Como, por exemplo, uma demorada viagem transatlântica, a travessia de uma selva selvática ou uma batalha naval entre flibusteiros sanguinários. Mas isso o folhetinista não concede a eles. Em compensação, pululam inumeráveis viúvas e viúvos nos tais escritos. Quase todos os personagens com mais de vinte e cinco anos já nos aparecem espoliados do cônjuge. Os viúvos, em geral, perderam a senhora para a tísica. As viúvas, por seu lado, são todas patuscas. Esses viúvos e essas viúvas, na maioria dos casos, têm o que roer, se é que a senhora me entende.

- Entendo: uma herança, um capital a juros, uma pensão. Mas como ingressei nessa história há pouco, poderia o senhor doutor voltar ao começo para que eu fique inteirada do verdadeiro motivo que deu origem a esta sua prosa tão indignada?

Capítulo 9 / Teoria e prática

O que me levou a tomar da pena de ganso para escrever este libelo foi a necessidade de refutar uma tremenda desfaçatez escriturária, um malfadado conto publicado há quase trinta anos por alguém cujo nome de pia era Joaquim Maria Machado de Assis. Por que me revoltei? Porque quase nada do que consta do referido escrito deu-se de fato. Dito de outra forma: quase tudo que ali está consignado ocorreu, sim, mas de modo completamente inverso.

- Dê-nos um exemplo, nobre doutor Boa Morte.

- No mencionado trabalho afirma-se que minha senhora e amigos insistiram para que eu não me retirasse da convivência com eles visto que "estava perfeitamente são e equilibrado".

- Outra ironia, imagino.

- Sem dúvida. Na verdade, quando minha sanidade soçobrou, amigos e aparentados afastaram-se imediatamente de mim. Não esconderam que tinham fundas desconfianças sobre o perfeito equilíbrio da minha mente. Aliás, ficaram todos eles deveras aliviados quando anunciei que meu desígnio era refugiar-me no campo, distante deste mundo insensato. Literalmente, eu teria dito, segundo o incansável rabiscador de conchavos amorosos: "A questão é científica. Trata-se de estudar uma doutrina nova, cujo primeiro exemplo sou eu. Reúno em mim mesmo a teoria e a prática".

- O senhor não disse isso?

- Não exatamente, dubitativa ledora. Minhas verdadeiras palavras à sociedade local foram: "Como saberei identificar a exata loucura noutros enquanto a não localizar, mapear e descrever no interior de mim mesmo?" Ademais, não me referi "à teoria e prática" porque não as concebo distintas. Para mim, teoria e prática são uma única coisa. Em mim, cérebro e mãos trabalham simultâneos e afinados. Do que operam as mãos tira a cachola imediatas conclusões.

Capítulo 10 / O germe recessivo

Muitas outras calúnias foram assacadas contra este que aqui escreve. Na sua corrosiva prosa tatibitate, afirma aquele indivíduo que houve uma pública assembleia em que toda a gente simples da terra, o povo, me solicitou que continuasse a escaramuçar aqui mesmo, em São Francisco do Laranjal, contra os moinhos da demência.

- E essa assembleia, ocorreu ou não?

- Efetivou-se. Mas dela saíram vitoriosos os maiorais do município, que queriam ver-se livres de mim.

- Por quê?

- Porque temiam-me a aguçada lucidez, a atilada inteligência e o pronto raciocínio que me permitiam descobrir, mesmo no aparentemente mais sensato dos homens sérios, o germe recessivo da alucinação.

- O senhor ficou muito triste com esse afastamento compulsório da medicina psiquiátrica?

- Não. Estava e ainda estou certo de que, no futuro, inevitavelmente, todos os meus detratores serão condenados. Quando o mundo tomar conhecimento pleno de minhas impressionantes descobertas, meus ignaros e tacanhos adversários terão de responder por que trabalharam para livrar-se de mim, o maior científico destas lonjuras.

Capítulo 11 / A convivência com os condores dos Andes

Em outra falsidade cínica, registra aquele redator desleal que um sacerdote da nossa comuna teria assim se pronunciado: "Sabem a razão por que o doutor Bacamarte não vê as suas elevadas qualidades? É porque tem ele ainda uma qualidade que realça as outras muitas: a modéstia".

- Esse santo homem existiu, doutor?

- Sim. Houve na nossa história, de fato, um pároco digno e culto ao qual eu realmente me dirigi, mas com essas orações: "Nobre clérigo da Igreja de Roma, a seta da modéstia não se encontra na aljava em que estoco minhas incontáveis e certeiras qualidades. Imodestamente, afirmo: ocorre que eu, o tempo todo, costumo planar escoteiro pelas remotas vastidões rarefeitas de ar onde planam apenas os animais de largos pulmões. Lá, nesse alto distante, cultivo excelsos atributos: constância, sobriedade, resiliência e frieza".

- Bravo!

- Dias depois de pronunciar aquela verdade, retirei-me por algum tempo da vida em sociedade. Não, não me recolhi nem alegre nem triste porque júbilo e melancolia são estádios pelos quais não trafego. Afastei-me um pouco contrafeito, sim, por ter, num inaceitável rasgo de sinceridade, confessado ao servidor de Deus, ainda que de forma velada, essa minha atordoante peculiaridade: a estreita convivência com os condores dos Andes.

Capítulo 12 / Bisturis

Tudo começa com o perverso fabulista anunciando a Bóreas, Zéfiro, Euro e Noto que irá contar em pormenores como um formoso vilarejo (na verdade, o nosso aprazível São Francisco do Laranjal) ganhou uma casa de Orates.

Eis aqui o primeiro parágrafo lavrado pela serpe de bifurcada língua: "As crônicas dizem que em tempos remotos vivera ali um certo médico, o Dr. Simão Bacamarte, filho da nobreza da terra e o maior dos médicos do Brasil, de Portugal e das Espanhas".

- Espanhas?

- Essa duplicada Espanha incomodou-me deveras. Mas essa contrariedade não me veio na primeira vez em que li o conto, não. Aliás, naquela distante ocasião, a leitura muito me fez rir. Porém, em leitura posterior, depois que recebi uma correspondência esclarecedora de um amigo, fiquei tão contrariado que quase perdi o domínio do meu sistema nervoso. Após essa segunda leitura, para acalmar-me, pensei: "Prepara-te, Simeão, para enfrentar esse solerte operário da semântica. Dois são os teus adestrados e impiedosos bisturis: aquele com que destrinchas partes adoentadas de um corpo vivente e aquele outro, igualmente afiado, com o qual operas entre linhas escritas. Com esta segunda lâmina de precisão dissecarás todas as historinhas partejadas por aquele disseminador de perfídias".

- Bela metáfora essa dos dois bisturis, doutor!

Capítulo 13 / Batuta

Uma indagação turbou-me depois o espírito: deveria eu dedicar tempo e canseiras para analisar e contraditar composições ligeiras regidas por uma batuta que, embebida em fel, só sabe reger uns poucos compassos galhofeiros? Conclui que sim.

- Ainda mais fantástica é essa segunda metáfora, a da batuta envenenada, doutor! Parabéns!

Capítulo 14 / Chufas e chistes

A rutilante verdade costuma reservar suas peças mais amargas para os zombadores. Sempre os desmente ao final. Sou e serei, por dilatado tempo, o mais conhecido e estudado dos alienistas do Brasil, digam o que disserem.

- Será mesmo, doutor?

- Sou. Porém, humildemente, reconheço que, em grande parte, a expansão e fixação do meu nome no panorama da cultura brasileira se deve a um folhetim entrançado com chufas e chistes.

Capítulo 15 / Mordida no pescoço, seguida de assopro.

Já que colocamos a pontinha dos nossos dáctilos pedestres na pútrida água salobra da farsa, enterremos o restante todo do pé no pantanoso lodo do fundo. Mencionei antes a existência de incontáveis enredos sempre iguais e tediosos: rapagão corteja mocetona, que tenta fisgar bom partido; viúva patusca deixa-se cortejar por um pelintra, que busca o que roer no futuro.

Faltou-me dizer que não se acha quem trabalhe nessas histórias. Pode procurar com lupa. Se são homens, sonham com uma sinecura. Se raparigas, oscilam entre dois ou três pretendentes ociosos para, no final, escolherem o possuidor dos mais graves desvios morais.

- Desvios morais? Aí vem chumbo grosso!

- Sim, o contador dessas amenidades licorosas diverte-se sapateando por cima daquilo que, a ele, lhe parecem ser as mais graves deformações morais dos seus personagens. Todos são egoístas, gananciosos, insinceros e cínicos. Aliás, não há conto em que não surja a palavra "moral". Gosta demais dela o senhor Machado. Além disso, a cada meia dúzia de frases que estampa, o palavroso artífice redige uma sentença que, presume ele, é tão judiciosa quanto cômica. É um profissional da fabricação de aforismos, máximas, ditirambos, rifões, ditérios e adágios. E adora citações bíblicas, mitológicas ou tiradas de livros ilegíveis, como os produzidos por alemães e russos. Opera sempre com a corrosiva e venenosa malícia dos intelectuais acanhados.

- Conheço esse tipo de copista, doutor. Uma risadinha aqui e outra além. Tese, antítese e síntese. Depois vem a mordida no pescoço, seguida de assopro.

Capítulo 16 / Vendaval de maluquices e frioleiras

O que fazemos nós, humildes operários da Ciência que estuda as mentalidades desencontradas, quando escrevemos algum textinho? Não debochamos de ninguém, visto que conhecemos e compreendemos o permanente vendaval de maluquices e frioleiras que assola o interior de todas as caixas cranianas.

Demorados estudos demonstraram-me que, crápulas ou virtuosos, padecemos todos de um inextinguível furacão intracraniano, cuja denominação mais usada é demência.

Por isso jamais vestimos a toga dos inquisidores da moralidade.

Capítulo 17 / Uma breve história com começo, metade e conclusão

- Começo a ver tudo mais claro. O doutor pretende rejeitar aqui um conto que teria como objetivo desacreditar a trajetória do mais destacado cérebro científico desta nossa bela São Francisco do Laranjal, o vosso. Estou certa ou vago desnorteada por entre os cômoros do deserto das palavras?

- Trabalha em solo firme, ledora.

- Então, não deveria o senhor, para defender-se, fabricar aqui um belo conto? Ouvi dizer que eventualmente os comete. Aliás, corre longe também a sua fama de dramaturgo satírico, embora em dimensões municipais. Em sendo assim, não deveria o doutor brindar-nos com uma breve história com começo, metade e conclusão? Uma historinha com um enredo, ainda que pífio, mas que prenda a atenção dos desatentos leitores.

Capítulo 18 / Asnos em demasia e numerosos larápios

Enredo, tema ou trama é hoje algo ultrapassado. Sigamos, pois, com este nosso erudito ensaio sobre um rude relato ruinoso. Tornemos ao produto mefítico que tantos desgostos me causou. Falemos de outra graçola ali registrada. Diz o Machadinho que eu, Simeão, aos trinta e quatro anos, teria regressado ao Brasil depois de recusar uma solicitação do rei luso para que assumisse a comandância da Universidade de Coimbra ou a chefia dos negócios exteriores daquela Pátria navegadora.

- E ocorreu mesmo isso? Desprezou o doutor tão altas honrarias?

- Desprezei-as, sim. De acordo com o rabiscador inconfiável, eu teria dito a sua majestade da Lusitânia que a ciência era "meu emprego único" e que o nosso modesto município de São Francisco era "todo um pequeno Universo" que muito a mim me satisfazia.

- Disse mesmo isso?

- É evidente que não! Pronunciei-me com estes percucientes vocábulos: "Alta Majestade, a universidade do rio Mondego já tem asnos em excesso na sua reitoria enquanto na chancelaria lisboeta pululam numerosos os larápios. Prefiro trafegar entre ignorantes e gatunos em clima menos severo. A temperatura média anual da cidade de Coimbra é de 14.9 graus centígrados. Já na minha cidade natalícia, São Francisco do Laranjal, situada na Província de São Pedro do Rio Grande, Sul de Pindorama, onde me instalarei a fim de clinicar, a temperatura média anual é de 18.6 graus. Três graus e sete décimos a mais em todas as horas de todos os dias de muitos anos tornar-me-ão mais longo, e confortável, o embate com o maior de todos os males, que é a desvairada *insania brasiliensis*".

- E o rei, o que disse?

- Pediu-me notícia da nossa específica loucura nacional.

- Temos então uma loucura própria?

- Tratarei disso no seguinte capítulo.

Capítulo 19 / A mais rebolada moléstia espiritual

É a mais multicolorida, rebolada e sonorosa das muitíssimas espécies de moléstias espirituais espalhadas pelo Orbe. Elementos atacados pela *insania brasiliensis* tornam-se descerebrados histéricos, aparentemente cordiais, porém facundos ao extremo. São doidinhos possuídos permanentemente por gestos expansivos: beijos babosos, abraços apertados, cafunés obscenos e vários outros tipos de esfregadelas. Adoram festividades barulhentas. Amam os dias feriados. E como falam!

Os padecentes desse achaque elevaram o choro a alturas inimagináveis. É a arte nacional por excelência. Choram todos o tempo inteiro. Do berço ao caixão de madeira. Há quem diga que os maiores mestres dessa arte não são as crianças, como se deveria pensar, mas sim os homens adultos, especialmente os que vestem fardas e uniformes.

Capítulo 20 / O destempero comportamental que acomete os que leem muito

Continuemos a trilhar a senda que venho abrindo, laboriosamente, a golpes de machadinha, em uma luxuriante floresta de inverdades. Como já foi dito aqui, muito dei-me à trabalheira de deletrear incontáveis continhos arquitetados pelo mencionado escrevedor. Examinaremos agora o breve trecho de um deles: "Lia com excesso, lia de manhã, de tarde e de noite, ao almoço e ao jantar, antes de dormir, depois do banho, lia andando, lia parado, lia em casa e na chácara, lia antes de ler e depois de ler, lia toda a casta de livros".

- O que acontece com quem lê demasiado, doutor Simeão?

- Fica aluado, lúcida leitora. Fica lelé do coco. Foi o que aconteceu com o protagonista que, chamado Fulgêncio, mudou seu nome para Fulgencius.

- Permita-me observar, doutor, que, embora não sendo estudiosa das letras, pareceu-me promissor o início dessa história. Ou seja, intuí que, além de não ser apenas mais um fuxico sobre casório, seria uma sublime construção sobre a nobre arte da fruição leitora.

- Deveria ser, mas não o é. Enganou-se circularmente a leitora! E o senhor de Assis deitou fora a oportunidade de discorrer sobre o destempero comportamental que acomete todas as pessoas que devoram um número exagerado de impressos, sejam eles de cavalaria ou de amor.

- Mas, afinal, de que trata o mencionado conto?

- Fala de um velho lunático que pensa unir, pelo sagrado laço, sua afilhada, uma mocinha diminutiva, a um seu sobrinho, mas a tramoia acaba em uma trovoada de beijos juvenis presenciada por, entre outros insetos, um gafanhoto.

- Mas a história se reduz apenas aos beijinhos, indago eu, que sou concupiscente leitora. Ou, para ser mais direta: as secreções românticas desses adolescentes se circunscrevem à parte mais sobranceira dos corpos? Não se apresentam nos baixios?

- A senhorita está me saindo pândega e traquina. Há naquela história apenas a insinuação de uma cena fortíssima: os jovens se osculam na varanda. Mais que isso não disse o manufator do panfleto, nem ouso eu dizer. Prefiro que daqui deste sítio, onde nós nos achamos agora, quase despencando para o oleoso poço da lubricidade, passemos a uma investigação mais comportada do referido conto, intitulado *Ex cathedra*.

Capítulo 21 / Um conhecido episódio bíblico

Um viúvo rico, leitor pertinaz, vivia na companhia de uma afilhada sua, garota de 14 anos, quando lhe chega em casa um sobrinho de 15 anos, cujo pai a morte havia roubado à Terra semanas antes. O velho resolve casá-los. Certo dia, uma paixão antecipada acomete os jovens em uma providencial varanda. Trocam bicotas. Surge então um casal de borboletas amarelas, seguido por um par de andorinhas. Depois, os enamorados assistem a uma conversa entre dois besouros...

- Besouros, doutor?

- Casados entre eles. Um macho e uma fêmea. Diante dos jovens apaixonados, entabulam eles um diálogo shakespeariano sobre raça, graça, beleza, a alma dos bosques e o eco das falas divinas.

- Bah! A coisa deve ter sido feia!

- Depois entram no cenário duas lagartas fuxiquentas que denunciam ao antigo Fulgêncio que, pouco antes, um turbilhão de beijos havia sacudido a varanda.

- Só beijos? Nada mais?

- Apresenta-se em seguida um intrigante marimbondo que, a fim infernizar a existência do ledor casamenteiro, denuncia que os beijadores eram o sobrinho e a afilhada.

- O Fulgêncio certamente indignou-se com a frivolidade da sua protegida.

- Não teve tempo de indignar-se porque logo apresentou-se diante deles um velho e sábio gafanhoto, criatura generosa, que advogou a favor dos jovens. Alegou o inseto ortóptero que estalidos de beijocas são comuns em casas avarandadas de todo o Planeta e que, portanto, nada havia de criminoso no comportamento daqueles dois. Fim.

- Uma pergunta, doutor: essa história se passa na arca de Noé?

Capítulo 22 / Personagens que têm o que roer

De acordo com o invariável cronista de paixões pudibundas, aos quarenta anos, o seu Simão - ou seja, eu - uniu-se em matrimônio a Dona Eva, nem bonita nem simpática, madona de rijas carnes, vinte e cinco aniversários vencidos, viúva de um juiz de fora.

Desminto!

Eva seria minha esposa se com ela eu me tivesse consorciado, o que não ocorreu. Só seria viúva se tivesse tido um marido anterior. Seria viúva e depois esposa, se houvesse existido.

Mas não viveu essa Eva.

Inventou-a do Nada o imaginoso escrivão. Inventou-a para divertir suas leitoras, acho. Como já afirmei, há viúvas e viúvos em demasia em todas as suas historietas, convenientemente dotados de renda ou bens, prontos para bodas de ocasião.

- Por que convenientemente?

- Porque do ponto de vista de alguém que escreve para revistas de madames as personas que têm o que roer, materialmente falando, podem se dedicar o tempo todo à emissão de trinados amorosos.

- Bem pensado. Machadinho era esperto.

Capítulo 23 / O sumidouro da indecência

Quem muito navega naquele inexaurível manancial de continhos descobre, assombrado, que está exilado em uma terra onde, aparentemente ninguém transpira. Todos são ou desejam ser funcionários do Império. Na terra imaginária criada por aquela peçonhenta pena, as amazonas nunca são feias, porém jamais são bonitas, nem são magras em demasia nem robustas em excesso.

Natural, portanto, que costumem se consorciar invariavelmente com barbados igualmente anódinos. São todos eles mocetões bem-comportados, discretos adoradores de mãos encobertas por luvas de rendas ou de dedinhos que surgem lúbricos na ponta das chinelas.

- Diga-me a dura verdade, doutor Boa Morte! Nesses tais relatos nunca nos defrontamos com namoradores cujos corpos fremem de paixão, cujas narinas se dilatam de modo indecente ou cujas respirações são entrecortadas por suspiros?

- Como assim, picante leitora?

- Não há nesses tantos continhos figurantes cujos hormônios se aproximem da ebulição? Inexistem mergulhadores dispostos a imergir nas fétidas águas do sumidouro da indecência? Não aparecem pessoas que de súbito ficam doidinhas para conhecer outra pessoa? Conhecer no sentido bíblico, se é que assim posso me expressar.

- Mantenhamos o pudor!

Capítulo 24/ Noites sem esfregações libidinosas

Segundo o trêfego contador de conchavos amorosos, o cientista da mente criado à minha imagem e semelhança teria sucumbido diante de uma Eva porque ela reunia condições fisiológicas e anatômicas de primeira ordem. Ou seja, processaria sem tropeços quaisquer víveres, roncaria sinfonicamente e seria dotada de excelente pulso e mirada. Tudo isso, somado, nos garantiria, a mim e a ela, no futuro, o aparecimento de rebentos robustos, sãos e inteligentes.

O que o nosso ardiloso Machadinho jamais poderia imaginar é que um homem feito na bigorna em que fui modelado, ao consorciar-se, não leva em conta se a pretendida tem má estampa ou se é bem provisionada de encantos. Casa-se por amor.

Em algum momento de minha vida cheguei ao matrimônio, sim, mas pouparei os leitores de minúcias da minha vida íntima. Mas avanço que sou bígamo. Sim, liguei-me maritalmente a uma senhorita delicada e culta, mas mantive mais acesa que nunca a paixão pela minha verdadeira amante, a Ciência.

Aos levianos, aos quais tanto agradam os detalhes sórdidos, devo declarar: um cientista às veras jamais se utiliza de suas noites para esfregações libidinosas. Ele deita-se para adormecer.

- Mesmo quando jovem o senhor nunca teve, no leito, suas carnes sapecadas pelas chamas da concupiscência trevosa?

- Jamais! Reconheço, no entanto, que sempre demoro a cair nos braços do deus morfético. Por que se dá isso? Porque, ao espichar-me no leito, em geral, já de imediato, começo a navegar no proceloso oceano das mais supremas meditações científicas, filosóficas e poéticas.

Capítulo 25 / Uma dieta suína e o final de uma dinastia

Quando tácito e solitário em minha cama, costumo palmilhar só aquelas veredas que se dirigem às mais puras cogitações! Portanto, assuntos rasteiros, como ter ou não uma prole, jamais tocaram a fimbria do meu guarda-pó.

Mas retornemos às mentirosas considerações matrimoniais do nocivo patranheiro. Segundo ele, teria eu esperado por cinco longos anos uma maternidade que não se efetivou, depois do que teria eu me aprofundado na leitura de alfarrábios que me esclarecessem a minha própria infertilidade. Nego!

- Como fechou essa questão, a da filharada, o rabiscador de aleivosias?

- Assegurou aquele endiabrado autor que ministrei a Eva uma dieta puramente suína, fato que teria ocasionado a total extinção da dinastia dos Boa Morte. Nego! Esta é a minha divisa neste livro. Nego!

Capítulo 26 / A concubina

Não sei se já o disse, mas há uns poucos textos reduzidos daquele senhor Machado nos quais o leitor não é obrigado a vencer a cerrada mataria alcoviteira. Estudemos, pois, aquele que sabidamente é o conto favorito dos adoradores do travesso escrevinhador: "Missa do Galo".

Houve um tempo menos ímpio no qual, na exata noite do dia 24 de dezembro, as pessoas muito compareciam à cerimônia eucarística que entrava pelo dia do nascimento de Nosso Senhor Jesus Cristo.

O narrador é o protagonista, um jovenzinho tonto, sem nome, de 17 anos, que, na referida noite, preparava-se para ir à mencionada atividade religiosa. Encontrava-se ele na residência do senhor escrivão Meneses, fauno que havia saído pouco antes de casa para atravessar a noite fuçando na companhia de sua comborça.

Ficou então o inocente donzel exposto à predatória Conceição, consorte de Meneses, mulher de estranhos instintos, rosto nem bonito nem feio. O rapazinho delicia-se com os braços de Conceição. Milagrosamente, consegue ver neles, apesar da obscuridade reinante na sala, minúsculas e lúbricas veias azuis. Conversam sobre o Nada. O fedelho nota na mulher um "desalinho honesto". Ou seja, ela deseja ardentemente algo. O que seria? Tudo é sutilmente insinuado, pois se trata de um trabalho respeitador, mas o leitor atilado consegue perceber que, na verdade, Conceição esforça-se para suportar os golpes que lhe aplica o vergalho da obscenidade.

Como todos os personagens daquele articulista quando desconcertados, a lasciva Conceição concerta a posição de um objeto. Depois, arfante, fala de suas devoções espirituais. É lindo esse trecho! De seu lado, encurralado pelo sentimento do devido respeito, o rapaz tenta arredar seus olhos da fêmea vibrátil.

- Foram eles às vias de fato?

- Não! Não estamos dissecando aqui o devasso Maupassant! Não! Não escutaremos aqui o som de corpos que, ao se sacudirem mútua e furiosamente, fazem crepitar um colchão de palha. Não! O que temos são recato, contenção e castidade. Vai daí que a conversa se estende. Lenta, langorosa e longa. Em um quarto não muito distante de onde se encontram os dois conversadores, a genitora de Conceição, dona Inácia, dorme um sono mineral. Embora isso não seja dito, o astuto leitor conclui que, em outra casa, o escrivão Meneses arranca suspiros gozosos de sua comborça. "Está quase na hora da Missa do Galo", murmura Conceição, fazendo beicinho. E o caso se encerra.

- Assim, bruscamente! Que pena! Eu, doutor Boa Morte, se a autora fosse, mostraria no final o Meneses chupando forte a fumaça de um grosso charuto e murmurando, lascivo, para sua resfolegante comborça: "Está quase na hora de comer minha galinha".

Capítulo 27 / A acha de Xangô

Ocorre-me agora que este meu esboço contestatório não será tão breve quanto me pareceu de início. Por quê? Porque será preciso abater aqui, a golpes, com a acha de Xangô, toda uma cerrada floresta de personagens, cenas e enredos que se repetem até o infinito. As incontáveis personas machadianas, femininas ou masculinas, são compostas por uns poucos cacoetes. Os olhos são todos namorados. Há sempre uma janela providencial para divagações. Invariavelmente há um preto ou preta que passa pela cena como uma sombra, sem dizer palavra, carregando um café ou um charuto. Sempre existe algum objeto fora de ordem que precisa ser concertado. São inumeráveis os jovens que perdem a parceira para o campo-santo. Em geral, por culpa da tísica.

Capítulo 28 / Narradores velhacos

Não, não será curta esta nossa contradita porque intrometeu-se nela o bichinho da malícia, aquele que acompanhou pela vida inteira um certo fantasma escriturário, que na sua vida civil era amanuense de Ministério. Esse animalzinho destrutivo acabou por se transferir à minha corrente circulatória fazendo com que eu acabasse, pela incessante leitura de obras do referido cidadão, tornando-me também um narrador velhaco. Sim, embora homem originário da exata Ciência, território que não comporta gargalhada ou lágrima, sinto que me tornei, eu também, um desprezível engraçadinho.

- Não diga isso, doutor! Não se culpe! Prefiro que o senhor continue a martelar, estilisticamente, o nosso Machadinho.

- Isso é o que continuaremos a fazer.

Capítulo 29 / Turbulentas águas

Após decretar a extinção da dinastia dos Boa Morte pela ineficácia da dieta porcina, o sibilino cronista assevera que eu, Simeão, teria encontrado consolo, para a ausência de rebentos próprios, em uma total imersão no estudo da Medicina. E, naquela sua sinuosa catilinária, arremata dizendo que a Ciência tem "o inefável dom de curar todas as mágoas".

Arrenego que existissem em mim "mágoas" pela inexistência de herdeiros e, assim, rejeito igualmente a afirmação de que tais "mágoas" pudessem ser sanadas pela Ciência.

É verídico, sim, que me afundei no estudo da Medicina da mente. Não por "mágoas", mas por amor aos descobrimentos. E, como a mente humana tem vastidão maior que os sete oceanos juntos, concentrei-me em estudar apenas um dos seus mais influentes rios afluentes, que é aquele que arrasta em suas turbulentas águas as incontáveis patologias cerebrais. Nomes desse curso de água que serpenteia por todo o Planeta: *Craziness! Follia! Verrücktheit! Folie!*

Capítulo 30 / A perfeita sanidade anímica

Naquele deletério panfleto empilham-se até o céu as pilhérias! Lá está escrito que eu, Simeão, teria trombeteado que a Ciência praticada nesta terra de lusos e tupis, se operada por mim, cobrir-se-ia de "louros imarcescíveis". Ora, louros só no feijão, digo eu. E se são "imarcescíveis" esses louros, eu só saberei quando for ao dicionário. Caso vá.

O que eu de fato descobri foi que a alma de um ser humano só será saudável caso consiga alojar-se, protegida, em um lugar invulnerável às insistentes e enlouquecedoras solicitações do cotidiano. Denominação deste sítio: solidão.

Foi o meu caso. Embarriquei meu espírito na vetusta residência rural dos Boa Morte, à beira do Arroio das Pelotas, a fim de me entregar todo a solitários estudos. Pensamentos relevantes só nos são revelados na mais extrema e severa soledade. Para alcançamos a perfeita sanidade anímica, nós, seres pensadores devemos tomar distância das variadas ninharias espirituais ou físicas que nos cercam, a nós e a nossos achegados, o tempo todo!

- Acalme-se, doutor Boa Morte! Seus leitores lhe pedem paciência, tranquilidade e clareza. E alertam que não mais nos acompanharão caso o senhor continue a nos sonegar informações relevantes para a compreensão do que aqui é tratado.

- Justa reivindicação!

Capítulo 31 / Polcas requebradas e tempestades operísticas

Para que tudo reste claro e transparente, preciso voltar agora a um evento talvez anteriormente citado por mim. Certa vez, escrevi uma carta ao senhor Machado de Assis. Foi antes de me nascer no espírito a tenção de elaborar este tratado refutador. Foi antes mesmo que eu fizesse a espantosa descoberta, da qual trataremos em momento adequado.

Na verdade, há muitos anos eu tinha aquele narrador mexeriqueiro enquadrado na minha alça de mira. Lera quase tudo que ele havia disseminado entre jornalecos e magazines. Mas ainda não sabia que ele havia me transformado em motivo de chacota.

Pois bem, corria o ano de 1888 quando estamparam na *Gazeta Nacional,* assinado por ele, um conto que muito me despertou a atenção. Era "Um homem célebre", história de um tal Pestana, bem-sucedido autor de dançantes e mimosas polcas que, no entanto, gostaria de ser compositor de sinfonias que destruíssem quarteirões, que sacudissem o Scala.

O que acontece com o infausto Pestana? Consorcia-se com uma viúva de tão somente vinte e sete anos, nem feia nem bonita, mas amante da alta música. Porém, tísica. Quase agonizante, está ela impedida de perpetrar vigorosos exercícios corpóreos. Certo dia, a debilitada dama diz ao marido prestimoso que a melodia catita que ele acabava de compor em sua honra, honra dela, não era nova novidade. Trata-se, diz a desgraçada esposa morrente, de tema já exaurido por Chopin.

Pois bem, terminada a leitura, identifiquei ali uma oportunidade de me entreter um pouco.

Peguei da pluma e escrevi, aos cuidados da *Gazeta*, uma epístola que lerei no subsequente capítulo.

Capítulo 32 / Um modesto albardeiro na milenária Roma

Estimado senhor Machado de Assis,

Venho por meio desta missava sugerir-lhe um acréscimo burlesco ao seu conto intitulado "Um homem célebre", caso o senhor venha a republicá-lo mais adiante.

O que submeto à sua avaliação é um novo desfecho para a referida obra.

Ao final, logo após a moribunda mulher do Pestana dizer-lhe que a melodia com a qual ele a presenteara era um mero plágio de Chopin, o maestro nefelibata teria indagado dela:

"Querida esposa, você se refere ao canto do chopim, o pássaro?"

Responde a tísica consorte já nos seus últimos arquejos:

"Não, querido. Eu me reporto ao pianista Frédéric Chopin, polonês radicado em França".

Após essas palavras, retruca, mais dramático que nunca, o musicista Pestana:

"Se é vero o que me dizes, querida, darei preferência à morte".

E, brusco, levando ao pescoço a navalha com a qual costumava raspar-se as faces, brada:

"Não me contento em ser o César desta insignificante Vila de São Sebastião. Antes, preferiria ser um modesto albardeiro na milenária Roma".

E, a seguir, arremata a história e a própria vida com um mortífero golpe de navalha na região da jugular.

Que tal lhe parece esse novo fecho? Adequado?

Aceite a saudação de um vosso leitor muito frequente,

Simeão Lobo da Boa Morte.

Capítulo 33 / Um ano sem resposta

Feliz por ter criado esse dramático encerramento para aquela sintética narrativa, expedi a carta ao Ministério da Viação - aos cuidados do senhor Aluízio Azevedo, escrevente - para ser entregue a um funcionário mais graduado, chamado Machado de Assis.

- Recebeu o doutor um retorno?

- Não! Passado um ano sem resposta, indignei-me e escrevi outra correspondência, mas aí já em um tom frontalmente diverso, sarcástico e corrosivo, porém percuciente e esclarecedor.

- Podemos ter acesso a essa segunda cartinha?

- Para melhor aproveitamento dramatúrgico, lê-la-ei no vindouro capítulo.

Capítulo 34 / Onde se desencadeiam as mais furiosas tormentas

Prezado senhor Machado de Assis, há cerca de um ano, remeti-lhe missiva na qual lhe sugeria um novo - surpreendente e tragicômico! - final para a curta narrativa de sua lavra intitulada "Um homem célebre".

Decorrido esse longo prazo, sem receber de vossa senhoria uma resposta, mesmo que protocolar, tomo novamente da pena, mas desta vez para examinar - com o arsenal tático da moderna psicopatologia, que sei operar - as secretas profundezas daquele relato aparentemente leviano.

Em "Um homem célebre", na verdade, o senhor, embora de modo enviesado (como sempre), desnuda-se, põe à luz do sol sua própria alma.

Conhecedor dos mais afundados meandros do espírito das gentes, em sendo alienista, digo-lhe que quando se refere, com evidente desprezo, às polcas para saracotear do Pestana, o senhor está de fato pensando nos seus próprios continhos esponsalícios.

Comoveu-me muito o fato de o senhor reconhecer, de maneira enviesada, em "Um homem célebre" que só alcança criar narrativas para mocinhas diminutivas.

Dito de outra forma, colocando-se na pele do Pestana, o senhor admite que não conseguirá jamais elaborar obras que possamos nós, leitores cultos, considerar sofisticadas ou sutis.

Se trocamos as mal encaixilhadas fotos de compositores - Beethoven, Brahms ou Bach! - que ornamentam as paredes da casa do Pestana por retratos de grandes poetas – Homero, Milton, Camões! -, nos aproximaremos da verdadeira verdade.

O senhor gostaria de ser respeitado, apesar de escrever quase que tão somente a respeito de arrulhos namoradeiros.

Arrulhos namoradeiros que têm tantas leitoras fiéis quantas eram as donzelas que se rebolavam ao som das polcas do Pestana.

Ouça então o que lhe digo, meu caro senhor!

Para compor continhos nupciais ou polcas levianas basta saber rastejar sobre a rala relva, mas para a lavratura de réquiens e épicos é preciso saber subir às mais elevadas altitudes, lá onde se desencadeiam as mais furiosas tormentas e onde só podem esvoaçar, sobranceiros, os albatrozes, os condores-dos-andes e os super-homens.

Abandone, pois, nos seus travessos continhos, as mocinhas diminutivas, como a Sinhazinha Mota, admiradora do Pestana!

Esculpa mulheres de osso e carnagem!

Sugiro que crie uma digna e patusca prostituta, como Bola de Sebo!

Sugiro-lhe que invente uma fogosa Carmen brasileira!

Com os lábios de alguém que não sou eu, beijo-lhe os pés,

Simeão Lobo da Boa Morte.

Capítulo 35 / Eça de Queirós

- Esse finalzinho "com os lábios de alguém que não sou eu, beijo-lhe os pés" é simplesmente supimpa, doutor!

- Não sei onde o tirei. Terá sido de Eça?

Capítulo 36 / Tintura mista de mofa e galhofa

Voltemos mais uma vez ao folhetim infamante que deu origem a este arrazoado. Num dos poucos trechos corretos daquela obra, escreveu o maquiavélico redator de amenidades adocicadas que: "A vereança, entre outros pecados, não fazia caso dos dementes. Assim é que cada louco furioso era trancado em uma alcova, na própria casa, e, não curado, mas descurado, até que a morte o viesse defraudar do benefício da vida; os mansos andavam à solta pela rua".

É verdade, sim!

Foi para mudar esse estado de coisas, o total descuido para com os cerebralmente ineptos, que decidi reuni-los em um estabelecimento apropriado, a fim de melhor observá-los na longitude do tempo. Como precisava tê-los por dias inteiros sob minha lupa, resolvi agasalhá-los em um edifício - conhecido como Oca Pitanga, designação que lhe adveio das suas muitas rubras ventanas - que fiz construir na praça da Restauração entre a Igreja Matriz e a Intendência desta cidade de São Francisco do Laranjal.

Naquele saudoso estabelecimento testemunhei tantas histórias tocantes que veria depois - deturpadas por uma tintura mista de mofa e galhofa - estampadas em periódico sensacionalista da capital desta ágrafa Nação.

- Como é que tais histórias chegaram ao Machadinho?

Capítulo 37 / Uma bomba literária

Era uma vez um poeta chamado Artur Gentil Cortês. Um jovem brilhante com o qual muito convivi nos tempos em que nesta nossa cidade esteve ele residindo. Apesar da pouca idade, era um vate magnífico! Inteligência cintilante, diversa e vária. Estou certo de que foi ele quem depositou nos ouvidos inconfiáveis de um escrevedor sarcástico muitos dos causos que a ele contei, como num confessionário, em demoradas conversas que varavam noites.

- Não me diga! Essa informação é uma verdadeira bomba literária, doutor Boa Morte! Conceda-nos mais detalhes!

- Calma, afoita leitora! Como estamos cruzando a áspera, inabitada e gélida estepe da verdade, é preciso muito cuidado para vermos onde pomos nossos borzeguins.

- Como posso me acalmar? O que me diz o doutor é um petardo capaz de fazer explodir os alicerces da nossa excelsa Academia Brasileira de Letras!

- Criada pelo Machadinho!

- Sim. Isso a Nação, imortalmente grata, deve a ele.

Capítulo 38 / Alucinante teatro ao ar livre

Diz também o viperino e difamatório contador de historietas que, tendo eu solicitado subsídio para a sustentação dos meus clientes desprovidos, decidiram os nobres edis taxar o uso de penachos nas cavalgaduras que arrastavam as carruagens funerárias. Variaria o montante do imposto conforme o tanto de horas decorridas entre o último respiro do falecido e o efetivo enterramento do corpo sem vida. Tal disposição teria levado o pobre contabilista da comarca, perdido em inextrincáveis cálculos algébricos, à demência.

- Essa graçola matemática é boa, reconheça!

- Pulemos a chalaça. Para que não pairem dúvidas, se é que já não o disse antes, digo agora: meu dispensário foi edificado com recursos privados dos Boa Morte, os primeiros donatários dessas terras sáfaras, homens de baraço e cutelo, proprietários de vacaria e cavalhada, campos e águas, charqueadas e embarcações de rios e mar.

- É muito patrimônio!

- A Ciência medicinal só caminha sobre a tapeçaria estendida por generosos doadores de largas posses. Esse foi o nosso caso. Irrigadas com fartos recursos saídos da bolsa sem fundo da minha família, céleres subiram aquelas paredes, recortadas por incontáveis aberturas pintadas com o vermelho mais rubro. Centenas de homens, luzidios do suor que enobrece, moldavam ferro, madeira e barro. Lavoravam do sol que nascia ao que tombava. Logo ficou pronta a edificação sanadora. Incontáveis quase eram as celas destinadas aos futuros hóspedes. Imenso era o pátio interior, onde os lunáticos teriam condição de exibir à comunidade de seus iguais as doidices que praticavam no isolamento das células individuais. Teria lugar ali, observado por mim, um alucinante teatro ao ar livre. Pronto o edifício, mandei estampar no frontão um dístico atribuído a oroastro de Bagdá: "Se há um mal que não tem cura, esse mal se chama loucura".

Capítulo 39 / Uma pergunta

- Ocorre-me agora, doutor, que o senhor ainda não se aprofundou no exame do curriculum vitae do seu detrator. O que fazia ele no seu dia-a-dia?

Capítulo 40 / Entre pilhérias corrosivas e facécias debochadas

Aquele celerado, quero dizer, celebrado homem de letras perambulava muito por festinhas, cerimônias, reuniões, convescotes, recepções, sessões solenes e cavaqueiras literárias. Era participante ativo de numerosas irmandades, conselhos, confrarias, clubes líricos e círculos poéticos. Diariamente percorria as livrarias todas para recolher e espalhar fofocas sobre seus confrades.

Mais que tudo, porém, praticava a escrituração. Rabiscava sentado, deitado ou em pé. Na barca ou no bonde. Andando ou imóvel. Ao longo de 55 anos de escrituração, engendrou duas centenas de historinhas curtas, um número ainda maior de crônicas, uma dezena de romances, algumas peças de teatro e dois tomos de poesia.

Quase tudo o que escrevia parecia, de início, leve e divertido. Mas essa impressão nunca se retardava muito. Logo surgiam as verrinas, o vitríolo, a soda cáustica.

Ressalte-se, ainda, pelo ponto de vista da técnica narrativa, que quase não há acontecimentos nessas histórias. O que temos o tempo todo são os chistes maldosos, as citações pernósticas, os dichotes e as frases de efeito. Em suma, o que vemos nesses incunábulos é uma verdadeira corrida de revezamento entre pilhérias corrosivas e facécias debochadas.

Cadê o figurante decente? Não aflora. Nunca.

Cadê o amor de verdade ou a paixão? Não existe espaço para sentimentos exaltados nessas piadinhas costuradas com o fio frouxo do namorico.

- Podemos concluir, que o senhor Machado de Assis não tinha os seres humanos em alta conta?

- Isso quem diz é a senhorita!

Capítulo 41 / A ferramentaria do estilo

Aquele gaiato escriba publicou em vida oito coleções de contos. Como sabemos, quando muito jovens, nos seus primeiros trabalhos, os artistas ainda estão fundindo a ferramentaria com a qual construirão seu próprio estilo. Já nos folhetins tardios, os do declínio, em geral o que se percebe é apenas o suave deslizar de formões e serrotes já testados e aprovados sobre madeira mole. Nessa derradeira manufatura o estilo adquirido não esconde a precariedade da matéria-prima, mais que gasta pelos anos e desenganos. Arrisco-me a dizer que isso não ocorreu com o autor que estamos esquartejando aqui porque ele manteve afiada sua sangrenta adaga da primeira à última punhalada.

- Quer dizer que na velhice ele ainda manobrava bem a lapiseira, doutor?

- Sim. Li em algum lugar que no seu livro derradeiro está o melhor conto sobre a escravidão no Brasil: “Pai contra mãe”.

Capítulo 42 / Por um *quase*

Vamos nos concentrar no primeiro volume das recolhas de histórias curtas, intitulado *Papelório avulso,* porque lá está uma joia fabricada por alguém que furtou metais nobres da joalheria de um outro ourives, no caso, eu. Lá está o ataque a um homem de Ciência chamado Simão Bacamarte! Veja a parecença dos nomes, veja a picardia! Contra esse conto pesa muito o fato de ser ele demasiadamente extenso, com 16.658 palavras.

- Fale-me dos outros continhos desse volume iniciático, doutor.

- Só agora me dou conta que na sua primeira antologia de histórias curtas o senhor Joaquim Maria *quase* conseguiu evitar as narrações matrimoniais. Na verdade, astucioso que era, o criador dos acadêmicos eternos não abre espaço, nas suas seletas, para as historietas melíferas com as quais atulhava revistas e gazetas.

- Passemos às outras histórias legíveis desse livro primordial.

- Uma delas mostra-nos um acanalhado indivíduo de meia idade ensinando seu jovem filho a se transformar num perfeito pulha. Outra narra as desventuras de um mocinho que se enamora dos espelhos. Temos ainda uma piada sobre um pretenso empréstimo.

- Pretenso?

- Sim, é o caso de um vigarista que, tentando arrancar cinco contos de um notário, se satisfaz ao receber uma espórtula de cinco mil réis. A obra retrata uma "facada". Aliás, na literatura de países de rara indústria e rasa agricultura seguidamente surge a figura do facadista. Belo adjetivo! Facadista! Haverá similar em outras linguagens? A metáfora perfeita: um parasita enfiando a faca no bucho de alguém que tem o que triturar com os dentes incisivos. Pois bem, como já afirmei, no seu primeiro volume de relatos breves, aquele escorregadio escrevinhador *quase* logrou evitar os tricotados namoradeiros. Mas descuidou-se, deixou entrar um. Tenho aqui cópia da carta que enviei-lhe comentando o tal trabalho.

Capítulo 43 / Concisão

Prezado senhor Machado de Assis, após ter lido cinco vezes um de seus mais extensos contos, estando eu um tanto incomodado com a referida leitura, tomo da pena para escrever-lhe.

Se tomasse de um Machado não seria para escrever-lhe, mas sim para, certamente, desmembrá-lo. (Ironia: risos)

*Necessito pronunciar-me a respeito de uma historinha – intitulada "Dona Bendita" – publicada, tempos atrás, por uma gazeta funambulesca (*A Extração*) e, no mesmo ano, reproduzida em um livro intitulado* Papelório avulso.

Dei-me ao trabalho de contar cada uma das palavras lá pingadas. Que são exatas 7.373!

Mas que história temos ali?

A de uma mãe que pretende casar sua filha.

Oh, que roteiro surpreendente, diria um comentarista brincalhão. Mas nós não o dizemos, posto sermos gente respeitosa.

Parece-nos a nós que o himeneu é deveras frequente na marcenaria em que o senhor martela suas fábulas ligeiras. Ou estaríamos enganados?

Se o senhor vier a alegar que pouco ou nada importa para aqueles que rabiscam para gazetas e panfletos a existência ou não de um entrecho dramático ou elevado, concordaremos.

Há quem defenda que o leitor ordinário, em tese, só quer arrancar um tanto de diversão daquilo que deletreia.

Não discordamos, mas a verdade é que existem escrevedores para os quais os leitores - ainda mais se leitoras - não têm peso ou substância.

Sigamos. Com quem pretende dona Bendita, a mamãe, consorciar sua filhotinha? Com um bacharel recém-formado, que se encontra à espera de uma promotoria, o Luisinho. Mas que méritos teria esse diminutivo? Pelo que lemos no conto, nenhum.

Sabemos de passagem, no começo, que a protagonista é esposa de um jurista que desembarga feitos num tribunal do remoto Pará. É ele um personagem que passa zunindo, mas envolto em asquerosa fofoca: estando solitário na Amazônia, teria ele misturado seus trapos aos de uma alegre viúva patusca da cidade de Belém a fim de com ela se enredar e sacudir muito nas noites suarentas daquela terra de selvícolas.

Há ainda um escolado intermediário de flertes e demais negociações matrimoniais, o cônego Roxo, do qual sabemos apenas que também é perito conhecedor da anatomia dos perus e, portanto, exímio trinchador daquelas bestas penosas.

Eis senão quando somos informados pelo jocoso narrador que a filha de Dona Bendita - dezoito primaveras, mas aparentando vinte e uma, severa de modos e feições - está apaixonada por um bigodudo oficial de Marinha, um tenente no qual se anuncia um almirante.

Acabou? Não. Tendo enviuvado, Dona Bendita começou a pensar em casar-se. Aparece um solicitante, viúvo. Depois, surge outro, igualmente defraudado de esposa pela morte.

Avancemos para o desfecho. Certo dia, olhando pela janela, dona Bendita tem uma visão. O que é aquilo vaporoso e voador que se aproxima dela na impressionante cena derradeira? Pasmem! É uma fadinha. Justamente a fadinha que presidiu, décadas antes, o nascimento daquela recatada e abençoada dona Bendita. Uma fadinha, nem mais, nem menos. Uma idosa fadinha. Seu nome? Veleidade.

Meu Deus e Senhor, as pacientes ledoras foram soterradas por uma avalanche de 7.373 palavras para descobrir, no encerramento, que dona Bendita é fútil!

Hoje, desafogado após escrever-lhe, dormirei em paz.

Cordialmente

Simeão Lobo da Boa Morte, seu leitor frequente.

PS: O que lhe posso sugerir, meu senhor, ao cabo de leitura tão pouco palpitante? Um ensinamento bastante singelo: a concisão é a maior das virtudes letradas. Portanto, quando for manuscrever um conto, epitalâmico ou não, use no máximo mil palavras. Estourando, duas mil. E não pense na remuneração, se atribuída por linha!

Capítulo 44 / Paixão selvagem

- Se posso perguntar, qual é o clímax erótico da historieta sobre dona Bendita, doutor?

- O máximo desregramento que uma jovem impudica, como a senhorita, poderá ali desfrutar é aquela maldosa e obscena referência à paixão selvagem do Desembargador.

Capítulo 45 / Se gago, por que amante da oratória?

Ainda não examinamos tudo que se refere àquele conto malévolo, "O alienista". Lá pelas páginas tantas, falando de minha Oca Pitanga, diz aquele tóxico narrador que ela foi inaugurada com "imensa pompa", que "as cerimônias duraram sete dias" e que os convidados chegavam aos milhares.

Não! Não houve pompa, cerimônias ou assistência. Discretamente, sem o mínimo alarde, a minha residência para os apartados do juízo correto simplesmente franqueou suas portas. Num dia estavam cerradas, no outro se apresentaram abertas.

Como afirmei em capítulo anterior, aquele falacioso escrivão ministerial adorava saudações, festejos e congratulações. Ele, sim, e há farta documentação sobre isso, adorava comes-e-bebes, recepções, meetings, convescotes e solenidades com seus inevitáveis rapapés e discursos...

- Calma, aí, doutor! Pelo que o senhor nos informou antes, aquele notório escritor sofria de blesidade. Em sendo assim, questiono: por que apaixonado por discursos, se gago? Se gago, por que amante da oratória?

- Responderei na sequência.

Capítulo 46 / Adoradores de festividades

Mencionei no Capítulo 4 a Lei da Inevitável Compensação Anímica, fixada por Anacreonte de Lesbos, que trata de como seres desprovidos no parto de certas habilidades adquirem outras, duplicadas, mais tarde.

Ocorre que, nos meus estudos nada modestos, fui além de Anacreonte. Descobri uma moléstia, a qual chamei Incoerência Fática, que se debruça especificamente sobre o desencontro entre as reais habilidades de um ser humano e os seus desejos. Trata-se de uma das neuropatias mais encontradiças. No caso que estamos desvendando, o que se tem é um homem tímido, que mal consegue falar em público, mas que é doido por falaçadas. Caso mais claro de Incoerência Fática desconheço.

- Bem pescado!

- Aproveito esta ocasião para um desabafo. Eu, Simeão Lobo, odeio todas as efemérides e datas magnas. Amo os dias iguais, os dias sem romaria, procissão ou santo padroeiro. Todos as minhas jornadas são de integral labuta.

- Nem uma festinha de aniversário? O doutor não comemorará nem seus setenta e cinco anos?

Capítulo 47 / Desarranjo cerebral

Devo admitir que, depois de afastar-me da ciência psicologista, pratiquei as artes escritas, com destaque para o jornalismo, a encenação cômica e a fabricação de redações ligeiras. Porém, servi-me delas em modestíssimas porções. Redigi meia dúzia de peças burlescas para artistas de nossa cidade, amadores todos eles, e também engendrei uma vintena de causos.

- De amor?

- Sim, de amor e de outras formas de desarranjo cerebral.

Capítulo 48 / Literatura e imortalidade

Dediquei a melhor porção dos meus esforços à Ciência, pura e pétrea Ciência, poderoso holofote que desnuda os inóspitos descampados do desatino e do desvario. Só mais calejado, após a traumática experiência do abrupto fechamento da minha casa curadora, depois de longo retiro, é que passei a consagrar algumas jornadas à Literatura. Porque a Literatura é a Arte que nos permite retratar melhor as vastidões do Irracional.

Por falar nisso, devo informar que fui o primeiro psicólogo a demonstrar que, no Brasil, os mais numerosos aloucados são aqueles que, embora aparentemente equilibrados, muito frequentam irmandades, comissões, sociedades musicais, academias literárias, grêmios poéticos e entidades festeiras de toda natureza. Dentre nós, o mais nomeado representante dessa enfermidade, que denominei Demência Festiva, talvez seja o nosso examinado, já que chegou a engendrar uma congregação para reunir apenas padecentes da Mania de Imortalidade.

Capítulo 49 / Papagaios e Tácitos

Digo mais! Fui também eu quem pela primeira vez constatou que os adoradores de festas medram mais em climas quentes e úmidos. Como a malária. Mas fui adiante. Estudando meus malucos foliões, descobri que, quanto ao emprego da língua (refiro-me ao órgão de que nos utilizamos para enviar os alimentos mastigados ao estômago), eles podem ser divididos em Papagaios e Tácitos. Papagaios são os destemperados que nas reuniões sociais movem incessantemente a mandíbula, para falar. Tácitos são aqueles que só movem a queixada para mastigar doces ou salgadinhos.

O psiquiatra siberiano Serguei Igor Iuri Russowsky foi o primeiro a perceber que no inóspito Norte gelado, durante as reuniões em datas relevantes, as pessoas falam pouco para não expelir, junto com as palavras, o calor interno.

O que descobri é que os povos como o nosso, instalados no meio do mundo, em clima ameno, dispondo de farta água morna para o banho, de cocos para saciar a sede, de frutas ao alcance da pata dianteira, de confortáveis redes para sonecas e outros fins menos nobres, pertencem ao primeiro grupo, o dos Papagaios. É por isso que nos dedicamos à falação intérmina.

- Falação intérmina? Mas sobre o que falamos tanto?

- Sobre namoros e heranças. Sobre adolescentes janeleiras e viúvas patuscas, além, claro, de mancebos que sonham com consulados, deputações ou promotorias. Sobre o fato de vivermos em uma terra de promissão na qual os cidadãos, para se alimentarem, não precisam obrigatoriamente perolar a face, como determina a condenação bíblica.

- Perolar a face, doutor?

- Trabalhar honestamente! Suar!

Capítulo 50 / O Milagre da Sinecura (ou A Magia do Contracheque)

No mundo criado por aquele insidioso letrista não há trabalhadores. Os personagens masculinos são todos carrapatos que sonham sugar o nutritivo sangue do Império. Esperam, acima de tudo, o Milagre da Sinecura, também conhecido como Magia do Contracheque.

Este fenômeno ocorre toda vez que alguém consegue ser nomeado para um cargo público. Que faz então o nomeado? Se senta a uma cadeira, diante de uma mesa, e por ali fica à espera do ordenado. Que surgirá, sem falta, no final de mês. Trata-se de evento que se repete, inelutável, a cada trinta dias. Pode-se compará-lo a uma loteria que vem em gotas, que pinga todo mês.

- Mas o que precisa fazer aquele que está assentado na cadeira funcionária para receber a benesse?

- Nada, desocupada leitora. Se fizer algo, criará problemas para os demais colegas parasitários que o cercam e para aquele mandachuva que o contratou.

- Problemas, mas por quê?

- Porque todos eles foram contratados justamente para fazer coisa nenhuma.

Capítulo 51 / Ações e palpitações

Quero neste capítulo que aqui principia saudar as improváveis cinco ledoras que até aqui nos acompanharam. E pedir perdão a elas por estar a apoquentá-las com uma história que não tem nem mocinha apaixonada nem varão galante.

Lamento também o fato de não estar escrevendo para leitores másculos porque, para atrair esses pilantras, este aqui deveria ser um livro de ação. Meninos, rapazes, homens e velhotes apreciam especialmente aventuras com duelos, de espadas ou floretes, regados por rubro sangue. Sentem-se identificados com personagens que se movem o tempo todo por água ou terra, em andanças, cavalgadas ou navegações. Penso que, no futuro, tais personagens possam se locomover até mesmo pelo ar, como aquele padre Bartolomeu Lourenço de Gusmão, que inventou o balão de ar quente. Romances e novelas, para que interessem aos homens, devem ser pródigos em perigos: mulheres espertas, animais ferozes, guerreiros cruéis e até mesmo canibais famintos.

- Canibais, doutor Boa Morte?

- Sim. No Estado das Alagoas chegaram a comer um bispo da Lusitânia.

- Que horror! Mas fale mais sobre as ninfas! O que deve inscrever na folha branca aquele que garatuja histórias para pudicas donzelas?

- Palpitações, tonturas, desvanecimentos, chiliques, frissons, ósculos e lágrimas em profusão. Tudo isso, claro, dentro do mais rígido recato.

Capítulo 52 / Peixe ensaboado

A insofismável verdade é que as senhoras, sendo viúvas ou não, preferem patuscadas. Um beijo roubado em uma moita, por exemplo. Uma moita da qual brotará uma flor. Que função terá num romance essa flor da moita? Nenhuma, a não ser, claro, a de vir manca desde o ventre materno. Temos uma bela rapariga, porém coxa. Por que bela, se coxa? Por que coxa, se bela? Indaga-se o autor e nos indagamos nós. Por nada, para fazer uma gracinha, creio eu.

- Gracinha? Pelo amor de Deus Nosso Senhor! O doutor está a dizer-me que aquele calígrafo criou uma mocinha manca para divertir-se e divertir-nos?

- É o que parece, indignada leitora. Se é que compreendi bem o que estava registrado num livro daquele cidadão. Mas ele nunca é assertivo, prefere apresentar-se mais escorregadio que peixe ensaboado. Nunca firma o pé ao dar uma passada. Manquitola. Claudica. Faz-se passar por rengo. Finge ter torcido o tornozelo. Faz que vai, mas não se movimenta. A senhora me entende?

- Mais ou menos. Mas não aceito que senhoritas, mesmo que de papel e tinta, sejam tratadas com crueldade.

- Tem razão plena a revoltada senhorita. Tempo virá em que construiremos personagens femininas verossímeis e palpitantes de vida. Fuzarqueiras ou compenetradas, todas elas terão um tratamento digno e respeitoso.

- Dou-lhe um casto beijinho de gratidão, doutor.

Capítulo 53 / Pitadinha de luxuriosa pimenta

Prefiro libretos que não nos afastem do decoro e da decência, mas reconheço que de longe em longe uma pitadinha de luxuriosa pimenta pode aquecer a fruição de um relato insosso. Dou exemplos. Um pelintra dá uma suave pisadura aparentemente inocente, por debaixo da mesa, na pontinha de uma chinelinha delicada. Outro biltre lança à sua namorada um discreto olhar semicerrado que, por se alongar, não consegue mascarar sua secreta vocação libidinosa. Um esbarrão caricioso de dois enamorados em um corredor às escuras. Uma bicota subtraída à sorrelfa.

Capítulo 54 / Bíblia versus livrinhos

Voltemos mais uma vez àquela obra de ímpar torpeza. Registra ali o cáustico amanuense que, dias após a inauguração da minha Oca Pitanga, teria eu, Simeão, o mais cético dos homens, indiferente à religião, acossado o boticário com uma citação bíblica.

Nego!

Jamais deletreei o Santo Livro sobre o qual se assenta o edifício judaico-cristão. Sempre me recusei a tentar decifrar aquela produção desmedida, tumultuada por eventos inverossímeis e locupletada de insanos, na maioria vitimados pela Mania de Santidade.

- Se o senhor não aprova os volumes volumosos, qual seria o tipo de obra impressa que lhe proporciona mais prazer, durante a leitura, doutor?

- Minha preferência vai para modestos livrinhos de cem páginas ou poucas mais, como costumam ser as coletâneas de breves relatos.

- E quanto ao boticário, o doutor falou a ele ou não?

- O que eu disse, de verdade, ao meu amigo operador de pipetas e retortas foi: "O objetivo principal da minha obra é a descrição acurada da demência totalmente louca, sua classificação por diferentes graus de intensidade e, também, a criação de uma farmacopeia redentora. Simplificando ao máximo: bem identificado o fenômeno, propor para ele um medicamento curador".

Capítulo 55 / Oratória sacra

Já que mencionamos a Bíblia, eu gostaria de, agora, neste rápido capítulo, adotar o estilo oratório profético para descrever o começo (gênesis) da minha epopeia psiquiátrica:

E veio o dia posterior e vieram os subsequentes e pode-se dizer que todas as vilas e arraiais vizinhos, estâncias de gado, plantações de café e estabelecimentos fabris começaram a despejar malucos na minha frente. E em sua vasta maioria eram doidos mansos, fáceis de tratar, que só pediam um pouco de atenção, um chazinho de maracujá ou um rebuçado de alcaçuz. E eram também lunáticos furiosos, donos de neurastenias encrencadas, que só calmavam com banhos de água gelada ou laçaços de vergalho.

Capítulo 56 / Monomaníacos

Neste tramo da nossa entrevista, gostaria de registrar mais uma das mais impressionantes descobertas que fiz no meu lavor psicológico.

Os deserdados de espírito são monomaníacos.

Não conheci um só que tivesse duas fixações.

Capítulo 57 / Morubixaba

O mais curioso de todos os abilolados de que tratei era um ruivo sardento de olhos azuis, magro e alto, que se dizia indígena da etnia Caeté. Foi assim que ele se anunciou para mim: “Sou o filho primogênito de Tupã. Meu nome é Peri, mas pode me chamar pelo meu título honorífico: Morubixaba”.

Travei então com ele um interessante diálogo que merece transcrição.

Capítulo 58 / Metafísica

- O senhor Morubixaba é o primeiro desarvorado com ganas de ser indígena que recebo aqui. Os meus outros megalomaníacos, via de regra, preferem ser santos, reis ou milionários.

- Morubixaba também faz milagre, é rico e poderoso. Pratica proezas impossíveis, comanda milhares de guerreiros e arranca toneladas de ouro do leito dos rios. E, quando furioso, sacode o mar.

- Como o senhor desliza nos esses e derrapa nos erres, posso concluir que é estrangeiro?

- Sim, creio ter sido europeu antes de ser selvagem.

- Onde o senhor nasceu?

- Em uma cidade de ruas nevadas e fumacentas chaminés.

- O senhor endoideceu por aqui ou já veio pronto?

- Praias de areia branca e florestas verdejantes fabricam mais doidinhos que as cidades frias. Aloprei por aqui mesmo.

- Seu Morubixaba, certamente o senhor saberá me dizer sobre o que conversam os Caetés quando estão reunidos ao redor do espeto no qual assam um caraíba.

- Metafísica. Remoer e ruminar o incompreensível e o impalpável é nosso lazer preferido quando nos concentramos em volta de um foguinho.

- E depois da refeição, o que debatem?

- Após o ritual carnívoro, quando o torpor toma conta dos nossos corpos, nós, homens de cobre, chafurdamos ainda mais na metafísica.

- A metafísica é mal que só atazana uns poucos alienados. Mas me diga: até onde chegou o senhor com essas suas especulações meditativas?

- Responderei. Mas só se tiver dois capítulos inteirinhos para mim!

- Terá.

Capítulo 59 / Almas

Quando, em solo brasílico, já desnudo, ergui pela primeira vez a mão com o tacape guerreiro, de imediato Tupã me concedeu a palavra! E perguntou-me: "Filho dileto, que fazes tu dos teus dias?" Respondi-lhe que refletia sobre os muitos e delicados fatores psíquicos que mais influenciam o comportamento dos homens. Solicitou-me então o nosso Deus que exarasse parecer sobre a alma humana, o que fiz de bom grado.

Respondi-Lhe que são múltiplas as almas dos seres que raciocinam, sendo duas delas as principais: a Alma Externa, que é um espectro que, instalado na natureza, observa o que se passa no coração e na mente dos homens; e a Alma Intestina, que é uma espécie de fantasma que, do interior do vivente, mirando pelos olhos, cheirando pelas narinas, ou palpando pelas mãos, toma conhecimento do que decorre ao redor dele. São essas duas almas que, se revezando, ditam a ação dos homens.

Boquiaberto, pediu-me então o Deus das florestas, matas e cerrados que lhe contasse uma historinha na qual ficasse patente a veracidade do que eu dissera. Que lhe contasse, por exemplo, uma historinha sobre a Alma Externa.

Capítulo 60 / Molho de maracujá

Tempos trás, um jovem marinheiro de além-mar alcançou a alta graça de - com sua alma já habitando o corpo nu de um pele-vermelha - ser nomeado Ministro da Pajelança dos Tabajaras. Explodiu então um rastilho de inveja entre os demais pajés da taba onde Uiraçaba (nome adotado, nome de guerra) se instalara.

A despeito disso, os membros mais idosos da tribo, gentis e generosos, cotizaram-se e presentearam o novo indígena com um vistoso Manto Tupinambá. Previam eles que, usando aquele fantástico vestuário de penas multicoloridas, logo o anteriormente estrangeiro estaria apto a receber as divisas de coronel ou general dos Tabajaras.

Eis senão quando se apresenta, vinda do Nada, uma senhora, viúva, gorda e patusca, se dizendo tia de Uiraçaba. Moema

Iracema - esse era o nome dela, embora tivesse nascido em Lisboa - arrastou o antigamente marinheiro para uma estadia em uma aldeia dos Aimorés.

Sem dominar a língua ali falada, Uiraçaba mergulhou em um triste silêncio depressivo. Sua tia então o colocou diante de um espelho que adquirira num escambo por pedras preciosas com uns portugueses da Corte de Dom João VI. Ato contínuo, vestiu-lhe o Manto Tupinambá.

Uiraçaba mudou de estado anímico na hora.

Ficou tão feliz que até teve dúvidas sobre se poderia voltar a correr nu pela floresta com todos seus músculos e penduricalhos à vista.

No dia seguinte, a senhora Moema Iracema foi convocada para cuidar de um parente que adoecera em uma aldeia dos Nhambiquaras. Assim que ela se foi, os pérfidos Aimorés cercaram Uiraçaba de cuidados. O mais velho deles chegou a dizer: "Caraíba indiano, agora com seu Manto, certamente vai desposar viúva de cacique e, deitado em rede, nunca mais precisará mover uma palha na porca da sua vida".

Dias depois, ante a ameaça de um ataque dos cruéis Botocudos, os Aimorés fugiram. Sozinho naquele sítio recôndito, terrivelmente amedrontado, Uiraçaba sentiu a aterradora aproximação da insânia. O que fazer?

Lá pelas tantas, teve uma inspiração. Envergou o Manto Tupinambá e colocou-se diante do espelho. Viu então na superfície refletora uma belíssima imagem. A sobranceira e colorida figura de um jovem guerreiro invencível.

A sua Alma Externa então lhe soprou no ouvido que, ao vê-lo tão lindo, os Botocudos certamente poriam os joelhos por terra para prestar-lhe vassalagem.

Não foi, no entanto, o que ocorreu.

Os Botocudos o comeram temperado com molho de maracujá.

Onde errou Uiraçaba?

Acreditou no que lhe disse sua Alma Externa.

Capítulo 61 / Apropriação indevida

Essa história que me passou a mim foi depois utilizada pelo senhor Machado de Assis, que dela se apropriou indevida e desavergonhadamente para escrever uma versão caricata. Aliás, eu já me referi antes a um relato maroto que trata de um jovem tenente da Guarda Nacional - construído à imagem e semelhança do meu antropófago - que se enamora de um espelho.

Capítulo 62 / *Pernosticae dementia*

Aquele redator de tantas inverdades baseadas na minha obra científica afirmou que, nos primeiros tempos da minha clínica, eu teria examinado o caso de um destrambelhado que, sendo analfabeto, fazia discursos complicadíssimos, tanto em hebraico quanto em aramaico, sobre a Mesopotâmia.

Plágio e mentira. A verdade é que conheci, tratei e curei um mentecapto assemelhado. Trata-se de um caso famoso que me levou a uma de minhas mais destacadas descobertas, que foi a da *Pernosticae dementia*, alteração mental que também denominei *Alucinatae citaciones*.

- Fale-nos mais desse caso.

Capítulo 63 / Camões e a bengala

Certa vez encontrava-me eu dando um banho de água gelada em um carroceiro que julgava ser a reencarnação de Cleópatra quando se aproximou afoito um de meus auxiliares e me disse: "Ande cá, doutor Simeão! Mas venha armado de malícia e sagacidade porque se trata de doença psíquica desconhecida até aqui. O sujeito discursa em português arcaico".

Fui. O aloprado era um velho mendigo de desgrenhada cabeleira cinzenta e cara hirsuta, sabidamente analfabeto. Dirigi-me a ele: "Se vives no passado, por que não falas na língua geral, esse singelo dialeto sem regras gramaticais que nos legaram os tupis e os guaranis?" Respondeu-me ele: "Porque sou Luís de Camões reencarnado. Sou, como posso provar recitando, fabricante do mais belo poema épico da pura língua portuguesa". E declamou uma vintena de estrofes, metendo entre elas, sentenças em grego e latim.

O sacerdote de nossa paróquia, que se encontrava presente, disse-me: "Creio, doutor, que essa particular espécie de mal linguístico seguramente tem algo a ver com o descaminho que ocorreu no Brasil quando da chegada das caravelas de Pedro Alvares Cabral. Falávamos a singela língua geral e tudo ia bem, mas quando nos aparecem os portugueses com o cedilha, o trema, o til, e o circunflexo a vaca foi para o brejo. Depois deles, nunca mais nos entendemos".

Enquanto o pastor de almas falava, eu encarava friamente o tresloucado para demonstrar que não estava disposto a ser enganado por ele. Depois que o eclesiástico se calou, anunciei ao doido de pedra: "Casos relativamente simples como o teu não me fazem perder o sono. Há dois meios de livrar-te desse parentesco pesado com a Era das Navegações. O primeiro é dando-te, sem maiores explicações, uns vinte golpes de palmatória no traseiro. O segundo é dando-te no mesmo sítio trinta lambadas, porém precedidas de uma explicação". Perguntou-me ele: "Que explicação seria essa? Como viria escrita? Em caracteres cuneiformes?" Respondi: "Não será escrita, pois este é um País de analfabetos. A explicação será em português brasileiro e te fará saber que os vinte primeiros golpes são para ti propriamente dito, agreste e falto de instrução, e que os demais são para o espectro camoniano incorporado ao teu espírito".

- Que castigo o doutor aplicou ao Camões? Vinte ou trinta golpes com a menina-dos-cinco-olhos?

- Não. Recorri à bengala. Foram mais de quarenta lambadas porque perdi a paciência quando o gajo me disse: "Prefiro ser surrado em silêncio do que ter de ouvir uma explicação nessa tosca algaravia derivada do galego que é o português brasileiro". Enquanto o zurzia com minha morruda bengala, eu o exorcizava: "Sai, Camões! Abandona este corpo que não é o teu!"

- Como ficou o pobre homem depois dessa surra, tanto no aspecto físico quanto no mental?

- O corpo foi curado com uma infusão de ervas e muita salmoura. O espírito mergulhou num silêncio profundo. Porque o falso Camões percebeu que a única forma de preservar íntegro o seu arcabouço ósseo e carnal era não voltar aos versinhos e citações. Depois dessa coça, ele nunca mais abriu a boca. Nem mesmo para implorar uma talhada de melancia.

Capítulo 64 / Maçaranduba

- A bengala, doutor Boa Morte, pode ser considerada uma efetiva medicina para sanar os que padecem de insensatez?

- Se de boa madeira, sim. Sugiro maçaranduba.

Capítulo 65 / O amor

Por falar em coça, lembrei-me do doutor Oliva, juiz de fora, homem de muita cultura e pouca paciência que também costumava recorrer à bengala para justiçar criminosos de pouca monta.

Registro aqui um esclarecedor diálogo que travei com aquele magistrado:

- Doutor Oliva, na próxima reunião dos médicos psíquicos a se realizar no mês que vem vou apresentar um novo enunciado científico: "A incoerência sistemática entre as nossas ideias e as nossas ações floresce melhor quando irrigada pelas águas servidas das mesquinharias humanas".

- Qual seria a maior das mesquinharias humanas, doutor?

- O amor. O amor destrói as células da clarividência. Quem ama, ama só um ser humano, só um animal ou uma só coisa. O amoroso dedica-se apenas ao seu amado, despreza o mundo e aos demais seres que vivem nele.

- Mas sempre ouvi falar que o pior de todos os amores é o carnal - reagiu o jurista, reconhecido papa-hóstias.

- Não é! O amor carnívoro morre quando se apaga a fugaz chama da paixão. E, de imediato, o predador vai em busca de outra presa. Já o amor verdadeiro é mais devastador porque queima sua vítima até o final.

Capítulo 66 / A viúva Camélia

Precisamos examinar aqui, ainda, mais um caso que me foi furtado por aquele fraudulento redator.

Certo dia, apresentou-se a mim uma bela senhora, que aqui chamaremos Viúva Camélia, pedindo-me a cura para uma moléstia cerebral bastante curiosa. Disse-me de saída que simplesmente se recusava a envelhecer. Pedi a ela que se sentasse e bebesse um copo de água antes de falar livremente. O monólogo que ela recitou, por questões de editoração, virá no próximo segmento.

Capítulo 67 / Pernas bambas

Revolta-me o passar dos anos, doutor Boa Morte. Não, não tenho a idade consignada na minha certidão de nascimento. Certo dia, faz algum tempo, ao despertar, fui surpreendida por uma catástrofe devastadora: surgira-me um pioneiro fio de cabelo branco. Dali em diante, ao acordar, passei a arrancar, com uma pinça, impiedosamente, todos os alvos fios que me nascem ao correr das noites.

Nos últimos tempos, porém, minha nevrose ganhou outra mania. O que mais faço em minha vida, desde o mês passado, é passear com uma preta que, nos braços, conduz meu neto. Nas ruas, quando nos olham, todas as pessoas acreditam que eu sou a mãe do pequerrucho, acompanhada pela ama de leite. Esse pensamento inexato e enganoso causa-me um prazer indizível, quase devasso. Será essa sensação gozosa uma perversão, doutor? Será pecado mortal?

Para acalmar-me, eu digo a mim: Camélia, é compreensível que todos aqueles que te veem julguem seres tu a mãe do pequerrucho porque não aparentas ter chegado nem mesmo aos trinta anos.

Aliás, vinte e nove anos me parece a idade ideal para as mulheres, doutor. Permaneci estacionada nesta simpática cifra por quase uma década. Mas depois me vi forçada a avançar, sempre lenta, a passo de cágado, pelo calendário.

Na verdade, preferi deixar o envelhecimento às minhas amigas. E, quando tomávamos chá, eu gozava quieta o sorrateiro olhar de admiração que elas lançavam ao meu rosto não conspurcado por rugas.

A minha neurastenia aprofundou-se, de fato, há uns bons anos quando surgiu um primeiro pretendente à mão e demais partes de minha filha. Era um rapaz brasileiro típico, conversador, simpático e esperançoso de um milagre redentor que lhe viria ou da herança de uma tia ou de uma nomeação para o Ministério dos Estrangeiros. Entrei em pânico quando me vi diante dessa possibilidade de fazer-me sogra porque, em tese, toda sogra é senhora entrada em anos. Logo boas almas arranjaram para esse rapaz um posto em um consulado na distante Indochina. Quando minha filha começou a pensar na hipótese de viver naquele País, perguntei a ela se estava mesmo decidida a abandonar sua família, destruindo-a. Comovida, a pobrezinha recuou da viagem transoceânica e do enlace.

Em seguida, apresentou-se outro pretendente: um causídico, viúvo de apenas vinte cinco aniversários. Foi mais fácil levar minha filha a dispensar esse homem das leis porque a herança que ele recebera quando do passamento de sua cara-metade não era das mais relevantes.

De imediato, materializou-se um terceiro candidato. Irrecusável porque era um produtor de café de Campos de Caraguatatuba, onde possuía uma plantação interminável, que entrava pelo mar e subia serra acima. Fui obrigada a ceder. Menos de um ano depois do casório, minha filha presenteou-me com um neto.

É com esse pequeno, doutor, que passeio todo dia depois que a ama lhe dá o peito. Caminho segurando o chapelinho de sol para proteger a criança. Quando tomamos o bonde, as pessoas voltavam-se para mim e supõem que sou mãe do infante. O senhor doutor não pode ter noção do júbilo insano que sacode meu corpo todo, dos pés à cabeça, quando entro no bonde. Fico de pernas bambas, suando por todos os poros. Como já lhe adiantei, é uma felicidade perniciosa que roça a concupiscência. O doutor acredita que me pode curar?

Capítulo 68 / Dieta verde, banhos gelados e pinça

Homem sóbrio e recatado, soltei minhas mãos, que a Viúva Camélia empalmava calorosamente, concertei os volumes que estavam sobre minha mesa, fui à janela e observei a rua deserta. Disse então a perturbada senhora que uma relativamente curta temporada na nossa hospedaria psíquica desentortaria aquele seu desvio. Quis ela saber em que consistiria o seu tratamento. Respondi que, além ministrar-lhe uma dieta só de verduras, nós a submeteríamos a banhos de água fria ao nascer do sol e ao nascer da lua. E conclui dizendo que a medida mais efetiva para sua plena recuperação seria a proibição de ter a posse de um chapelinho de sol ou de uma pinça.

Capítulo 69 / Pergunta venenosa

- Diga-me sinceramente, doutor, o senhor já viu mulher branca brasileira carregando nas ruas algo que não seja um abanico ou um chapelinho de sol?

- Não. Creio que nunca vi nem verei, perversa leitora.

Capítulo 70 / A estudar Medicina e a praticar Poesia

Só agora reconheço que deveria ter começado a contar essa história pelo seu mais retardado princípio, que ocorreu quando remeti correspondência ao meu amigo Artur Gentil

Cortês que, julgava eu, estava a estudar Medicina e a praticar Poesia na capital do então Império.

- Mas como foi isso, doutor?

- Lerei para a senhora a referida e esclarecedora missiva.

Capítulo 71 / Uma touceira de perguntas ardentes

Cidade de São Francisco do Laranjal, dias finais do ano da graça de 1881.

Amado Artur, Rei da Távola Rotunda,

Morri de rir da estendida historieta "O alienista" que publicaste em A Extração. *Recebi ontem os três recortes, referentes às partes um, dois e três da citada historieta.*

Comecei a ler depois da janta e não mais parei até o simpático final em que me sepultas com pompa e circunstância. Era quase meia-noite.

Deitei-me ridente, o que raramente se dá, para experimentar mais um "ensaio geral da morte" (expressão que dou àquilo que os leigos chamam "sono").

Que maravilhosa surpresa! Sempre tive certeza de que um dia nos darias obra de vulto. Que começa agora a despontar com este belo conto em três drágeas!

Mascaraste muito e bem as extravagâncias que te relatei em cavaqueiras que avançavam por dentro das noites.

A realidade é insossa, amigo Artur. Mas as enfermidades mentais - concretas ou literárias – comovem, educam e, às vezes, até divertem.

Jamais eu poderia imaginar que os desenfreados casos que te desfiei em tantas e tão demoradas conversações preguiçosas poderiam ser reunidos e transformados em algo que talvez possamos nomear... Nomear-te... Nomear Arte!

Manda-me, querido Almirante do Salso Argento, tudo que produzires. Teus escritos certamente amenizarão este meu exílio verdolengo e vacante: campos e vacas por todos os lados.

Deito-me e não afundo no sono. Leio muito e cogito ainda mais. Revolvo-me sobre uma touceira de perguntas ardentes.

Mas sobre o que tanto rumina um alienista?

Por que nós, homens de truz, como tu ou eu, Arturzinho, não dormimos serenos como os demais?

Porque através das noites solitárias, uma após outra, só sabemos afrontar as mais altas questões espirituais e intelectivas.

Receba o carinho surpreendido deste amigo e admirador.

Simeão Lobo da Boa Morte,

Comandante do Exército Angélico na Vasta Terra Úmida

PS: Por que não assinaste o artigo? Digo melhor: por que cortaste com tesoura teu nome da cabeça dos três capítulos? Modéstia excessiva também é psicose, meu caro!

Capítulo 72 / Virtudes

- Modéstia excessiva é também psicose, doutor?

- Sim, virtudes acentuadas, sejam dignidade, modéstia, magnanimidade, honra, generosidade, decência e honestidade costumam levar seus praticantes ao manicômio.

- Quem o diz? O senhor ou o senhor Joaquim Maria?

- Pensando bem, talvez seja uma constatação simultânea de nós dois.

Capítulo 73 / O silêncio de Artur

- O que lhe respondeu o Artur, doutor?

- Não respondeu. Na época, já havia se transferido para Paris, onde residiu por mais de duas décadas. Só no seu retorno respondeu-me. Aí, então, o abismo machadiano abriu-se diante dos meus pés.

Capítulo 74 / Um terremoto

- Saiba, doutor, que essa sua nota ao jovem Artur, esparramou diante de mim todo um baralho de indagações.

- Indague, pois.

- Depreendi que o doutor teve com o poético Artur longas conversações noctívagas, durante as quais referiu a ele umas tantas neuroses acompanhadas de retratos dos seus respectivos praticantes. Enganei-me?

- Não!

- O doutor chegou a acreditar que "O alienista" havia sido redigido pelo jovem Artur porque ele tesourou, do cabeçalho dos três capítulos do conto, o nome que ali constava, que não era o dele, Artur, mas sim o de alguém conhecido como Machado de Assis?

- Sim. Acreditei nisso por largos anos!

- Caramba! Perdoe-me a expressão abrutalhada, mas a verdade é que estou pasmada! O que o doutor está a afirmar pode causar um verdadeiro terremoto na vida literária brasileira.

- O fato concreto é que Artur entregou a um moedeiro falsário os dobrões de ouro que eu havia confiado a ele.

- Dobrões?

- As histórias dos meus aloprados, para mim, valiam ouro. Mas aquele pernicioso ficcionista pintou e bordou à sua maneira trocista os sérios incidentes que cercaram o reduzido e tumultuado funcionamento do meu belo hospital de almas.

- O senhor poderia nos apresentar uma história sucinta dos eventos que levaram ao fechamento daquela instituição médica?

- É o que farei em um longo capítulo.

Capítulo 75 / Esboço histórico

Franqueadas as portas da minha recém-construída Bastilha da Busca do Perfeito Equilíbrio Emocional, que era como eu a chamava quando falava com meus botões e suas respectivas casas, comecei a identificar e isolar todos aqueles que me pareciam desequilibrados na cidade de São Francisco do Laranjal. Logo descobri que eram multidão. Rapidamente, o estabelecimento ficou superlotado.

Mas o meu cérebro, ágil e perspicaz, pouco depois detectou que meu trabalho até ali fora errôneo e errático. Dispensei a clientela toda e passei então a recolher os que eu ainda não percebera como mentecaptos, porque, mais sagazes ou espertalhões, sabiam mascarar melhor suas nevroses.

A segunda lotação deu-se em prazo igualmente pequeno. Mas não tive paz para aprofundar essa minha nova linha de pesquisa, que era: os efetivamente loucos são aqueles que aparentam não o ser.

Baseado em que cheguei a essa constatação?

Conclui que só alguém dominado pela insânia poderia viver sem se revoltar violentamente contra o estado das coisas neste nosso mundo cachorro.

Estalou uma forte contenda em nossa São Francisco quando passei a capturar esses últimos.

De um lado entrincheiraram-se os nossos apoiadores, que não eram numerosos; e de outro os nossos adversários, uma caterva de doidos.

Quando leigos adentram o sagrado território da Ciência medicinal psiquiátrica o resultado só pode ser uma tragédia.

Em meio a esse aceso debate público, os funcionários da Câmara quiseram legislar sobre algo que não conhece lei, a maluquice. Uns pretendiam estabelecer impostos, emolumentos e taxas a serem pagos pelos hóspedes da Oca Pitanga. Outros alegavam que só os que não estavam recolhidos poderiam arcar com os tributos, tendo em vista que apenas eles conseguiam desempenhar funções reconhecidas como úteis e remuneradas.

A conflagração estalou quando os edis não chegaram a acordo sobre quem seriam os futuros financiadores daquele nosocômio: os soltos ou os recolhidos?

Entrou em cena o Batalhão da Guarda Nacional, batendo com porretes no lombo de todos aqueles que estavam batendo com porretes no lombo de seus adversários. Ou seja, os militares surraram integrantes das duas colunas, indistintamente. A essa gorda pancadaria, que teve como campo de batalha a Praça da Restauração, sobreveio cerrado tiroteio. Acoitados por trás dos bancos, dos troncos das árvores mais grossas, do coreto e até mesmo quase mergulhados no chafariz, os combatentes trocavam acusações e projéteis. Os mortos somaram 32. Os feridos passaram das duas centenas.

Capítulo 76 / Revolução Francesa

Para que prevaleça a verdade, preciso reconhecer aqui que o fato determinante para o encerramento do meu dispensário foi esse gigantesco arranca-rabo bélico que envolveu o Batalhão da Guarda Nacional, os edis, toda a população e este discreto cientista.

- Como tratou o Machadinho essa insurreição popular?

- De modo zombeteiro, claro, embora tenha reproduzido razoavelmente bem uma revolta que só perde em dramaticidade para a Revolução Francesa.

Capítulo 77 / Artur, seu surgimento e sagração

Antes de seguirmos em frente, porque agora me parece que não teremos muito chão por diante, falarei sobre Artur Gentil Cortês.

Brilhantíssimo intelecto, fulgurante raciocínio e vocabulário vasto e riquíssimo. Dito de outra forma: mente luminosa, imaginação explosiva, linguagem vibrante, entusiasmo incontido, alegria contagiosa e um caráter sem jaça. Artur foi um dos mais brilhantes rapazotes de uma terra não avara em gerar cavalheiros cultivados, que é este o caso do nosso Continente de São Pedro.

- Como o senhor o conheceu?

- Como já foi dito, não sei mais se por mim ou se pelo senhor Machado de Assis, o Artur era nascido na cidade de Viamão. Aqui desembarcou poucos dias após o fenecimento do meu estabelecimento medicinal. Era espichado para cima, descarnado, rosto estreito, bigode fino e negríssimos cabelos revoltos. Procurou-me na fazenda da Misericórdia, onde eu já cumpria a pena de banimento que a mim mesmo me impusera. Como eu, Artur era filho, neto e bisneto de graúdos meridionais, homens de vastas vacarias e campos a perder de vista, patrões de pastores pacíficos que se transmutavam em centauros sangrentos nas nossas muitas refregas com argentinos e uruguaios.

- Lindíssima definição essa, a dos senhores de antanho!

- Então aí vai mais um parágrafo. Eram todos eles comandantes de homens e cavalos que ora estavam do lado de cá, ora do lado de lá da movediça fronteira, invariavelmente metidos em levantes, motins e revoluções. Eram valorosos guerrilheiros que se tornavam reles contrabandistas quando acabava a munição ou mudava o câmbio.

- Voltemos ao Artur, se possível.

- O que mais luzia nele era o cérebro múltiplo. Traçava bem a matemática, a astrologia, a botânica e a zoologia. Mas sua prioridade era servir às Musas. Lera os versos de todos os românticos e, partindo deles, regredira aos vates dos quinhentos. Do Brasil, de Portugal e da França. A todos recitava sem esquecer ponto ou vírgula. Partejava quadrinhas, sonetos e sextilhas com uma lira de excelente sonoridade. Também cavalgava no latifúndio da Ciência. Conhecia pelo nome todas as encarnadas estradas venosas do corpo humano, sabia decifrar a toponímia dos ossos, dominava a nomenclatura dos nervos e tinha decorado o dicionário dos músculos.

- Mais que homem, era uma enciclopédia, diria eu.

- Certa feita, depois de informar-me que estava disposto a cursar a Escola de Medicina do Rio de Janeiro, a fim de alcançar cátedra, pediu-me Artur que lhe falasse dos mestres daquele educandário que haviam sido colegas meus em Coimbra. De todos os meus brilhantes companheiros de aulas pintei um retrato, mas gastei mais tintura com Patrocínio Correia de Aroeira, titular de cirurgia em carnes talhadas por facas; e Ildefonso de Brito e Pedra, soldador de ossos partidos em pancadarias. Quando lhe perguntei a que ramo da Medicina iria se dedicar, respondeu-me Artur: "Quero ser, idêntico ao meu amado mestre Simeão, um desbravador das esquisitices da mente transtornada!"

Como era dado ao teatral, Artur colocou um joelho por terra e perorou: "Fazei de mim, doutor Simeão, o filho que ainda não tendes! Batizai-me, crismai-me e nomeia-me cavalheiro da Ciência Médica, de modo que eu possa alistar-me nos batalhões que mantêm cerrado combate contra a demência".

Aproximei-me daquele esgalgado jovem que, genuflexo, tinha a cabeça descaída sobre o peito, e alevantando diante dele o grande livro de Pinel discursei: "Eu te nomeio, Artur, cavaleiro da humana força que se digladia com o Mal na sua forma mais encontradiça e deletéria, que é a maluquice. Sei que no teu Olimpo estão os semideuses chamados Dante, Camões e Shakespeare. Quiseram essas mesmas divindades que coubesse a mim, singelo habitante de São Francisco do Laranjal, a alteada honra de ordenar-te cavalheiro das Ciências e das Artes para que possas partir para a capital do Império, cidade pecaminosa, que fustigarás sem piedade".

- Fantástica essa cena dramática, doutor! Até meus cabelinhos do braço entraram em posição de sentido.

- Roubamos essa cena ao pobre Cervantes!

- Com roubo ou sem roubo, vejo que o doutor secretamente guarda no seu alforje minerais raros com os quais poderia fundir uma belíssima obra dramatúrgica.

- Nem tanto!

Capítulo 78 / Infiel depositário

Aquela encenação foi apenas uma graçola entre dois eruditos folgazões. Artur e eu nos entregávamos a esses joguinhos prazenteiros o tempo todo. Inventávamos títulos nobiliárquicos para nós. Praticávamos como saltimbancos o que fazem a sério os cidadãos que se julgam compenetrados.

Muitas e agradáveis semanas se passaram entre a primeira visita que me fez Artur, mal chegado a São Francisco do Laranjal, e o dia em que apanhou o vapor para a desprezível cidade marítima vizinha, de onde seguiu embarcado para a capital da Nação. Foram inúmeras as dilatadas e amenas conversações noite fora.

- Creio que só agora começo a entender o todo da trama, se é que temos aqui uma trama. O senhor alienista está a nos assegurar que o jovem poeta Artur Gentil Cortês tendo viajado ao Rio de Janeiro lá entregou a um infiel depositário as histórias que escutou do probo doutor Simeão sobre uns, digamos, alijados do raciocínio certeiro domiciliados neste turbulento Sul. É isso?

- No alvo, afiada leitora. Aliás, a impressão que tenho, desde a primeira página, é que flutuo sem rumo ao sabor do desenrolar da narrativa. Mas vejo que a senhorita me acompanhou bastante atenta ao longo desta acidentada andadura.

Capítulo 79 / Patranhas e trapaças de incontáveis Porfírios

Reafirmando tudo o que antes foi dito ou insinuado. É fora de dúvida que o simultaneamente cultivado e ingênuo Artur repassou a um escrevedor traiçoeiro as minhas riquíssimas vivências no combate ao desarranjo anímico. Sim, o inocente Artur compartilhou sofridas e melancólicas experiências de um atormentado auditor de almas perdidas com um letrista manhoso, que as transformou em um colar de chacotas.

- Deus do céu! Então é assim que nascem certas obras-primas!

- Obras-primas, entusiasmada ledora?

- Sem dúvida! Críticos literários franceses asseguram que o texto que o doutor tanto desancou neste ensaio é um dos píncaros da ciência narrativa brasílica, na sua versão reduzida.

- A leitora também pensa assim?

- Não só eu. Parece-me que pensam o mesmo todos os leitores mais cultos deste País inculto, que não chegam a ser muitos, mas que certamente somam dezenas.

- Dezenas?

- Umas poucas, claro! Mas o que dizem esses críticos gauleses sobre "O alienista"? Garantem que ele não é tão somente o maior dos contos tupiniquins, não. Afirmam que, na verdade, ele é um esboço de um imenso calhamaço...

- Como assim?

- Asseguram que a meta secreta do senhor Machado de Assis seria, já maduro, mais adestrado na arte romanesca, escrever um cartapácio de cem mil palavras que demonstraria de forma cabal que uma insensatez barulhenta, inzoneira, requebrada e choramingas é o principal traço constitutivo desta pobre Nação, sacudida ao longo de toda sua história por patranhas e trapaças de incontáveis Porfírios. Um Porfírio sucedendo a outro, num contínuo fluxo de trágicas comédias.

- Seria isso mesmo? Nesse caso, talvez eu precise rever o conceito em que tenho aquele romancista.

Capítulo 80 / Máxima potência

Mal consigo imaginar a hipótese de o senhor Machado de Assis transportar as zombarias que tricotou em torno da Oca Pitanga para as dimensões quixotescas de um romance. Teríamos então a insânia elevada à sua máxima potência.

- Perdoe-me, doutor, mas aqui, agora, sinto-me obrigada a defender o Machadinho. Ele não era tão malvado quanto o senhor julga. Era boa pessoa, como somos nós, todos os brasilienses, apenas mais brincalhão. O que o doutor aponta como distorções cruéis, no meu modo de ver, são apenas gracejos inocentes que tinham como objetivo arrancar risinhos de suas incautas leitoras. Peço ao senhor que releve alguns deslizes que ele possa eventualmente ter cometido. Em nome do bom nome da literatura brasileira.

Capítulo 81 / A mais trabalhosa missão

Refletirei seriamente sobre o que a senhorita me peticiona. De todo modo, sou forçado a consignar aqui, quando nos aproximamos do desfecho, que até hoje não existiu missão literária mais trabalhosa do que esta minha, a de destrinchar um relato mendaz engendrado por um narrador que, embora essencialmente malévolo e caçoísta, tenta se fazer passar por respeitoso e pudico...

Capítulo 82 / Currículo do autor

Simeão Lobo da Boa Morte (São Francisco do Laranjal, 1835 – 1910). – Médico psiquiátrico, que cedo se retirou da profissão, tornou-se depois empresário, jornalista e dramaturgo amador.

Ao falecer deixou inédita esta monografia com a qual pretendia demonstrar que, ao escrever "O Alienista", o fundador da egrégia Academia Brasileira de Letras se utilizou de histórias contadas a ele por um jovem poeta gaúcho, Artur Gentil Cortês.

Acreditava o doutor Boa Morte que Artur Gentil Cortês teria servido de modelo para o Bruxo do Cosme Velho criar Elisário, protagonista de "Um erradio".

Tivemos o privilégio de descobrir esta Breve memória de Simeão Boa Morte, *no final de 1989, quando pesquisávamos para escrever nossa tese de doutorado sobre o livro* Contos gaudérios, *de autoria daquele famoso alienista e escritor.*

O memorial, que ocupava 57 páginas de um caderno de escrituração mercantil, foi encontrado na pequena escrivaninha que o médico recebeu de seu avô, Visconde da Misericórdia, ao fazer dez anos.

Observação: O doutor Simeão faleceu, subitamente, pouco antes de completar 75 anos sem ter posto um ponto final na sua Breve Memória, *que ficou com apenas 16.089 palavras. Preto*

João morreu no dia seguinte sem ter podido repassar a alguém da família a informação sobre o secreto sepultamento de seu querido irmão de leite. Assim, a tumba daquele psiquiatra jamais pode ser localizada.